中國家書家訓

宸冰 著

辽宁人民出版社

图书在版编目（CIP）数据

中国家书家训 / 宸冰著．—沈阳：辽宁人民出版社，2019.3
ISBN 978-7-205-09536-9

Ⅰ．①中…　Ⅱ．①宸…　Ⅲ．①书信集—中国 ②家庭道德—中国　Ⅳ．① I26 ② B823.1

中国版本图书馆 CIP 数据核字（2019）第 030494 号

出版发行：辽宁人民出版社
地址：沈阳市和平区十一纬路 25 号　邮编：110003
电话：024-23284321（邮　购）　024-23284324（发行部）
传真：024-23284191（发行部）　024-23284304（办公室）
http://www.lnpph.com.cn
印　　刷：嘉业印刷（天津）有限公司
幅面尺寸：145mm × 210mm
印　　张：9.5
字　　数：180 千字
出版时间：2019 年 3 月第 1 版
印刷时间：2019 年 3 月第 1 次印刷
责任编辑：娄　瓴
装帧设计：杨　龙
责任校对：冯　莹
书　　号：ISBN 978-7-205-09536-9

定　　价：62.00 元

自序

在我年轻的时候，有过一段非常痛苦、迷茫的时期，那时候每天能收到同学们的来信就是最幸福的事。毫不夸张地说，那些信陪我渡过了人生第一个难关。新去的学校全校都知道我的名字，因为每天传达室都至少有我三封信。是的，要好的同学们做了约定，每个人穿插着给我写信，一定要保证我每天都能收到信。信里写了什么，现在已经全然不记得了，但是当时收到信的温暖感觉和那种被人惦记的记忆将伴随我的一生。

世间很多东西都要经过岁月的洗礼，才能让我们更深刻地意识到它的宝贵。就像此刻，我在编辑这本书信集时，才惊觉那些曾给我无限力量与情谊的书信早已不知去向，如果手边能留一封，该是多么美好而幸福的事。

今天我们还能看到的这些书信，这些曾经给了人们温暖、希望、责任、智慧、正义以及浓浓的爱与勇气的书信能够留存，本身已是奇迹，而我希望每个看到它的人都能用心去体会写信人的心意和收信人的感受。

本书所选的家书来自不同的时空和人物——从魏晋的雅士狂人嵇康到唐宋八大家之一苏轼；从背负骂名舍身成仁的抗日名将张自忠到深情与妻书的黄花岗烈士林觉民；从不懂外语的“译界之王”林纾到民族斗士鲁迅……这些带着温度的文字让我们穿越时空，重回历史现场。你会发现，这一封封家书走过的路实在太长，长到它的安然抵达比命运本身还奇妙；而这一封封信连接的情意又太重，重到影响了无数人的生命。

纸浅言深，信里写下的每个字都折叠了一段有故事的历史和不为人知的时光。今天，我们打开它，试图用链接的方式为你重新构筑一个空间，一个纯粹的、真实的、私人的空间，你可以把自己投放在其中，在这里体会人类最高贵的精神，领略智者最朴实的教诲，触碰将军最无畏的勇气，学习如何表达爱、怎样找到自我以及重新思考自己人生的意义。

一位历史人物，他的经历总是多方面的，有政治经历，有军事经历，有经济经历，有文化教育经历。

一位历史人物，他的造诣也可能是多方面的，有文学艺术方面的造诣，有伦理道德方面的造诣，有科学技术方面的造诣。

一位历史人物，他的情感也是多方面的，与亲人的情感，与爱人的情感，与子女的情感，与朋友的情感，与国家民族的情感。

无论经历如何、造诣多高、感情多深，不同的人从不同的视角看历史人物，会产生不同的意见。先不要急着评价他们，让我们在轻如鸿毛又重如泰山的书信中，将他们先还原成一个个与我们一样的普通人。再读这些书信时，读的何尝不是我们心中的热血期望和如斯情义，读的何尝不是每个人心中那一点良知。所以，请你和我一起，再读这些不一般的文字，再读那些远去的岁月，再读一个生命留下的信息，让灵魂不死，彼岸永生！

除了这些书信背后的人，今天的中国人仿佛离自己的源头越来越远，这个源头不仅是中国文化，还有来自一方土地、一条河流、一片村庄的血脉呼吸。现代人每天生活在网络世界中，忘了自己也是历史的一部分，每个人的身上都带着时空的痕迹和基因，那里有先祖淳朴的生活态度，有家族坚毅的奋斗历程，有成员辉煌的成功经验，还有血浓于水的亲密感情。而现在，还有多少人，尤其是孩子，还了解这些呢？

记得我曾经组织过一次绘制家庭脉络图的活动。在一所

讀人方法　人心不同如其面人的道德學問才能底不亦如其面吾門應該用冷靜的頭腦客觀的眼光分析的方法對於吾們上司和吾們同事一個箇的把他們的人格才能品性習慣言論行為態度種種方面詳細觀察某點可以取法某點可以注意某點可以做模範某點可以做殷鑑在吾之上者他至少有幾點特長而後可以有之

此信为宸冰外曾祖父王晓兰仅存的书信，1926 年手书于甘肃。

小学里，请孩子们画出自己家的根脉图，绝大多数孩子只能画到爷爷奶奶，再往上就不知道了。而爷爷奶奶们来自哪里？他们有着怎样的人生故事？爸爸妈妈又是怎么相识相恋，度过他们的青春岁月？自己的祖籍是哪里？千年的中国历史与自己家有什么关系？这些在孩子心中都成了一片空白。

一个国家的历史不只是帝王将相；一个民族的文化也不只是文人雅士。每个人、每个家庭都有传承的义务，更有创新的责任。而这首先需要对自我有清晰的认知。“我是谁？我从哪里来？我要向哪里去？”这看上去是严肃的哲学问题，但在我看来，这应该是每个人首先要搞明白的最重要的事！先不要急着思考，不妨先来捋一捋你的家族根脉图，搞清楚你自己的历史。你会发现，每个延续下来的显赫家族、每个曾经的家庭成员都在或多或少、或深或浅、或明或暗地践行着自己家族独特的价值观，那就是家训！

有趣的是，当你开始去了解家训，你会发现：政治世家的家训可能是要后代远遁山林；商贾世家的家训多是勤俭持家；一个农民的家庭反而会要求孩子诗书传家。家训并不是祖先简单地表达他在干什么，而是对后代的希望与警醒。家训是一种愿景，是一种理想，是个体幸福与家国情怀的统一，是对生命的思考与总结，是要把那些他们生命中没能体验的东西，以更理想、更完美的方式在后代中实现。家训承载的从来不是冷冰冰的教条与苛刻的行动纲领，家训是每一个成员在这份血浓于水的情感中获得的力量，是所有人共同的梦想。今天，正是我们要实现中华民族伟大复兴、实现中国梦的美好时代，每一个家庭、每一个人的梦想汇聚起来就是无穷的力量源泉，最终才会让人民拥有美好生活。

现在，我带着你去看那些值得再三品读的家训，既不是让你盲目地去学习，也不是让你脱离时代去感悟，而是让你从一个大历史的角度去理解人类的传承与发展，理解时代赋予你的责任，帮助你找到人生的意义，明确自己希望成为什么样的人，为这份家训的传承注入你的能量。

我曾经去过一个显赫的大家庭，发现他们家族对第五代传人的教育是有一定问题的。他的爷爷觉得只要孙子健康成长就好，家族可以养着他，给他财富支持。但在我看来，这位爷爷不仅是在给自己养一个孙子，还是在给这个家族培养一个新的继承人。此刻爷爷能供养自己的孙子，但这个孩子未来的儿孙又有谁来养？如果每个父母都不去想这个问题，那未来会变成什么样呢？

所以，让我们重温这些经典的家书家训，让这些用生命和热血写就的人类精神财富，帮助你的后代有尊严地、骄傲地成为更好的人吧。

宸冰

2018 年 10 月 1 日于宸冰书坊

家书篇

目录

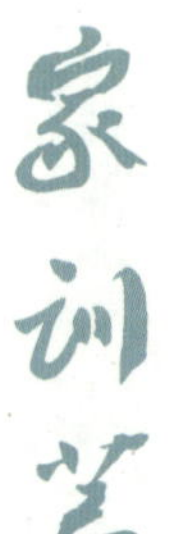

家书篇

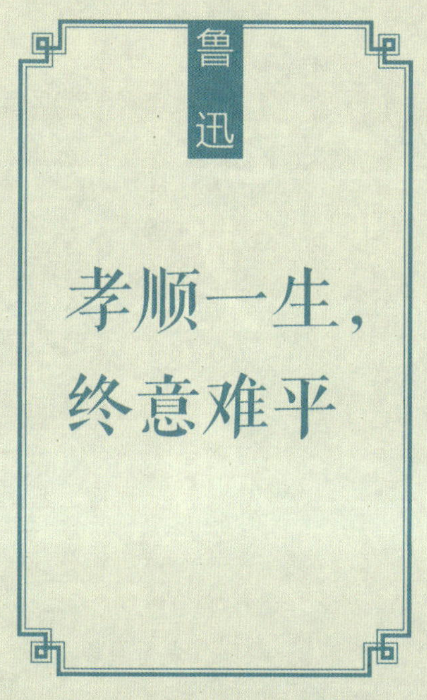

鲁迅

孝顺一生，终意难平

写信人：鲁迅

他的存在从来都是充满争议的，无论是文学还是生活。有人将他奉若神明；有人对他弃如敝屣。真实的他选择用自己的执拗，独自在文化的战线上冲锋陷阵，终成为中国人的文化图腾和精神象征。而在他激烈战斗的一生中，唯一肯与之妥协的人，只有他的母亲。

收信人：鲁瑞

她是鲁迅的母亲，她刚毅自强、温柔贤淑，在那个旧社会中独自挑起家庭的重担；她是大家闺秀、贤妻良母，在周家占据着不可忽视的地位。在那个旧社会，她独具慧眼，坚持送儿出国留学。在鲁迅病逝后，她竭力搜集相关报道的报纸，堆满了半面床，以此表达对儿子的哀思。

母亲大人膝下，敬禀者：

一月四日来信，前日收到了。孩子的照相，还是去年十二月廿三寄出的，竟还未到，可谓迟慢。不知现在已到否，殊念。

酱鸡及卤瓜等一大箱，今日收到，当分一份出来，明日送与老三[1]去。

海婴是够活泼的了，他在家里每天总要闯一两场祸，阴历年底，幼稚园要放两礼拜假，家里的人都在发愁。但有时是肯听话，也讲道理的，所以近一年来，不但不挨打，也不大挨骂了。他只怕男一个人，但又说，男打起来，声音虽然响，却不痛的。

上海只下过极小的雪，并不比去年冷，寓里却已经生下火炉了。海婴胖了许多，比去年夏天又长了一寸光景。男及害马亦均好，请勿念。

1　老三：指鲁迅三弟周建人。

紫佩生日，当由男从上海送礼去，家里可以不必管了。

专此布达，恭请

金安

男树叩上

广平及海婴同叩

一九三六年一月八日

母亲大人膝下，敬禀者：

不寄信件，已将两月了，其间曾托老三代陈大略，闻早已达览。

男自五月十六起，突然发热，加以气喘，从此日见沉重，至月底，颇近危险，幸一二日后，即见转机，而发热终不退。到七月初，乃用透物电光照视肺部，始知男盖从少年时即有肺病，至少曾发病两次，又曾生重症肋膜炎一次，现肋膜变厚，至于不通电光，但当时竟并不医治，且不自知其重病而自然痊愈者，盖身体底子极好之故也。现今年老，体力已衰，故旧病一发，遂竟缠绵至此。

近日病状，几乎退尽，胃口早已复原，脸色亦早恢复，惟每日仍发微热，但不高，则凡生肺病的人，无不如此，医生每日来注射，据云数日后即可不发，而且再过两星期，也可以停止吃药了。所以病已向愈，万请勿念为要。

海婴已以第一名在幼稚园毕业，其实亦不过“山中无好汉，猢狲称霸王”而已。

专此布达，恭请

金安

男树叩上

广平海婴同叩

七月六日

导读

采选关键词：温情细腻；挂念担忧；善意谎言；赤子孝心

鲁迅(1881—1936)，原名周树人。他以笔为戎，战斗一生，被誉为“民族魂”。我们读过他的《狂人日记》《孔乙己》《药》等作品，都会认为“横眉冷对千夫指，俯首甘为孺子牛”就是他一生的写照。但其实鲁迅也有温情的一面，在他的家书里，我们就可以看到一个完全不一样的鲁迅。

时间回溯

新年寄信诉怀思

1936 年的新年过后，鲁迅先生给他的母亲鲁瑞写了一封信。这一年鲁迅五十五岁，他的母亲七十八岁。在我们传统的印象里，鲁迅的笔锋是犀利且尖锐的，但是在这封信里，我们看到了一个细腻的鲁迅。他的笔触甚至细腻到让人觉得有点啰唆的程度。

鲁迅在这封信里，把自己和儿子的近况，通通详细地告诉了母亲。他还在信里说道：“海婴是够活泼的了，他在家里每

鲁迅断发照

天总要闯一两场祸，阴历年底，幼稚园要放两礼拜假，家里的人都在发愁。但有时是肯听话，也讲道理的，所以近一年来，不但不挨打，也不大挨骂了。”如此细腻的笔触，真的很难将其与我们印象中的鲁迅联想到一起。

鲁迅是谁？他可是那个“横眉冷对千夫指”，谁都不敢惹的“大 V”鲁迅呀！可是在这里你还能看得出来是他吗？

现在让我们梳理一下鲁迅与母亲的温情往事，看看是怎样一位女性，养育出这样一位文学巨匠。

鲁迅的父亲去世时，鲁迅才十五岁，其母鲁瑞三十八岁。当时鲁迅还有三个弟弟，最小的才刚满三周岁，再加上经济困难，孤儿寡母备受欺凌，日子可谓十分艰难。就是在这样的情况下，鲁瑞把三个儿子[1]都培养成了国之栋梁。鲁瑞是一个很

1　鲁迅的四弟周椿寿六岁时因发热夭折。

有远见的女人，在那个人们还迷恋科举的年代，当别人都在希望自己的儿子读书当官的时候，她已经开始想方设法把鲁迅送到南京洋务学堂读书了，接着又把两个儿子送去了日本留学。

鲁瑞住在北京时，就有每天读书看报的习惯，有时看完还会提出问题和别人讨论，甚至会毫不避讳地批评张作霖、吴佩孚这些军阀。清末曾经兴起过妇女天足运动，她率先放了小脚，在当时引起一阵不小的风波，被人骂作“尼姑婆”，对此她都不予理睬。

正是在这样的教育下，才有了那个令我们敬佩的鲁迅。

钟爱读书　唯不喜鲁迅作品

多年后，鲁迅长大了，他开始写文章了。可是，很难想象，就在那个鲁迅备受推崇的年代，作为他的母亲，鲁瑞居然不喜欢自己儿子的作品。甚至有一次，她特地找来鲁迅的小说，读完之后对鲁迅说：“他们都说你写的小说好，我看可不怎么样。”

鲁迅的母亲虽是“乡下人”，但靠自修就已经有了读书的能力。她最初只看些小说之类的书籍，每隔一段时间就对鲁迅说：“老大，我没有书看了。”鲁迅就要忙着给母亲买书来看。

鲁迅的母亲尤其喜欢鸳鸯蝴蝶派的书籍，《再生缘》《广陵潮》《今古奇观》就是她早年间喜欢看的书籍。鲁迅就经常在上海的世界书局、北新书店购买这些书寄给母亲看。虽然有些小说鲁迅并不喜欢，但只要母亲喜欢，他就会买，或是亲自带给母亲，或是托朋友捎给母亲，或是直接寄到老家。

春寒料峭引发旧病

“不克厥敌，战则不止。”对于鲁迅而言，世界上没有不可以战胜的敌人，如果有，那就只有死亡。鲁迅年少时期即患有肺结核，但一直不太严重，随着年龄的增长，再加上长年累月的紧张写作和频繁的社会活动，他的肺结核开始严重起来。

1936 年 3 月 2 日，鲁迅前往狄思威路 766 号二楼的藏书室查找书籍，却不小心受了风寒，引发了急性气管痉挛，气喘到无法直立。幸好当时身旁有医生在，立刻为他注射了一针，症状才得以缓解。在这之后，鲁迅又卧床了三日。更令他意想不到的是，一场致命大病已悄悄向自己袭来。

鲁迅是医学生出身，自然很了解自己的身体状况，而此时疾病缠身的他始终对母亲隐瞒了自己的病情。1936 年初春过后，鲁迅的身体就变得十分虚弱，最瘦时体重还不到 40 公斤。病情严重时，需要须藤医生给他注射强心针才能挺过来，情况十分危急。但在其日记和书信中，从未流露出半点悲观和绝望。

到了 5 月的前半月，他就处于极度疲惫的状态了。许广平

凌寒竞艳
乙未仲夏

和朋友们劝他休息，找医生治疗。鲁迅虽然很感激亲友的关怀，但他还是不想像病人那样生活，因而谢绝了一切劝告。到了月中，病情恶化，不管他如何固执，也不能不去看医生了。

5月18日以后，在他每天的日记中也只有发烧的记载:“病情渐深，整天靠着藤躺椅，脸色铁青，不言不食，不想动弹，差不多永不离手的纸烟也放弃了，睡觉是似睡而睡的。”

5月31日，鲁迅的美国朋友史沫特莱专门请了一名肺科专家为鲁迅进行检查，专家诊断鲁迅患的是结核性肋膜炎，他的肋膜里边有积水，如果积极治疗、休养，至少可活十年。他感叹道，鲁迅是他平生所见第一个能如此抵抗疾病的典型中国人。像这样两肺都有病，而且病得这么厉害，如果是欧洲人，早在五年前就已经死掉了。他建议，找一个设备好的外国人办的医院，由他亲自诊治。但鲁迅认为他的病一直由须藤诊治，一旦请别人诊断，就等于不信任须藤了，他觉得有失朋友之道。

一病不起　溘然长逝

在此后两个月，鲁迅一直没有给母亲写信，因为“自五月十六日起，突然发热，加以气喘，从此日渐严重，至月底，颇近危险，幸一二日后，即见转机，而发热终不退”。

在这期间，鲁迅一直坚持写的日记也不得不停止了25天，直至 7 月 1 日才恢复。关于自己的病情，鲁迅已经请自己的三弟转告母亲，7 月 6 日他又亲笔给母亲写信，称自己“病已向愈，万请勿念为要”。这是他能动笔后写的第一封信。此时的他远在上海，而母亲身在北平。

8 月 23 日，鲁迅写信告诉母亲，自己的病已经好了很多，但因为暂时离不开医生，所以没有到外地去疗养。9 月 3 日，鲁迅在回信中坦言，“确是吐了几十口血”，却又轻描淡写地解释:“不过是痰中带血，不到一天，吃了医生开的药就止住了。”

9 月 22 日，这天鲁迅给母亲写下了最后一封信。信中写道:“男近日情形，比先前又好一点，脸上的样子，已经恢复了病前的状态了，但有时还要发低热，所以仍在注射。大约再过一星期，就停下来看一看。”北平的家人在收到信后，正为鲁迅身体渐趋康复而感到欣慰，却没想到 10 月 19 日凌晨鲁迅就溘然长逝。

在给母亲的最后几封信中，鲁迅为了不让母亲担心，总是反复强调自己病情好转，请母亲“万请勿念”，鲁迅的这片赤子之情，至今仍感人至深。

扫描收听本章音频（鲁迅篇）

品读有感

在中国，鲁迅是一位地位独特的作家。作为中国现代文学的伟大奠基者，建立了中国小说新形式；他所开创的杂文文体富有现代性、自由性和批判性；他所创作的散文更是“显示了文学革命的实绩”。

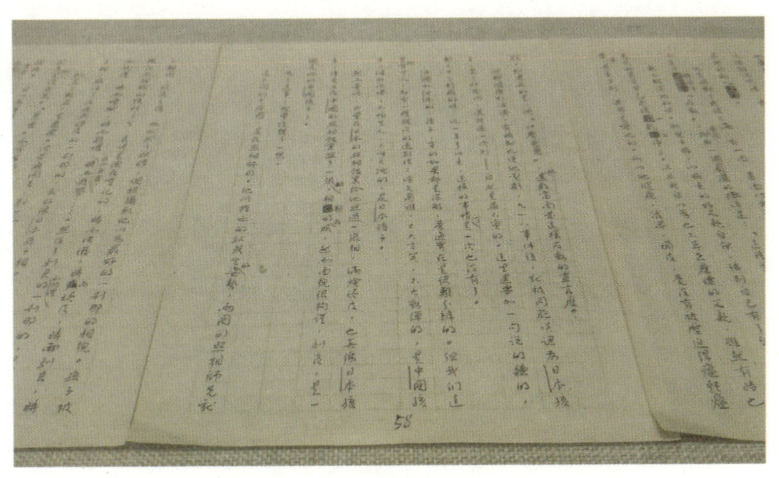

鲁迅的杂文《从孩子的照相说起》手稿

大时代总是要产生巨人，鲁迅就是巨人。历史人物之所以伟大，正是在于我们可以因他而深刻地意识到自身的存在，鲁迅就是这样的一个人。他始终相信：“其实地上本没有路，走的人多了，也便成了路。”

真正的巨人活在时间的深度里，应当相信，历史终会把最有分量的东西保留下来。

感悟

感悟

恨不抗日死，留作今日羞

写信人：吉鸿昌

说起吉鸿昌，大多数人都知道他曾经在自己的胸前挂了块木牌，木牌上写着一句英文：“我是中国人。”那是吉鸿昌赴外考察期间发生的故事，那时的中国人在国际上毫无地位可言，有人劝吉鸿昌冒充日本人来获得礼遇，吉鸿昌不仅怒斥那人，更是在胸前挂起木牌，让所有人都知道自己是中国人。他爱中国，他为自己生在中国感到光荣，愿意为维护民族尊严献出自己的生命。

收信人：胡红霞

在吉鸿昌的抗日事业进行得如火如荼的时候，有一个女子为了他的事业也贡献了自己的力量，这个女子便是吉鸿昌的妻子胡红霞。在吉鸿昌从事地下工作期间，胡红霞为我党地下组织打掩护，保护了很多地下党员的安全。在吉鸿昌就义后，国民党特务不许家属领回烈士遗体，悲愤至极的胡红霞一头撞在了铁栏杆上，鲜血直流。胡红霞用鲜血向敌人表示了最强烈的抗议，并最终用居住多年的“红楼”作抵押，赎回了丈夫的遗体。

红霞吾妻鉴：

夫今死矣！是为时代而牺牲。人终有死，我死您也不必过伤悲，因还有儿女得您照应。

家中余产不可分给别人，留作教养子女等用。我笔嘱矣，小儿还是在天津托俞先生照料上学，以成有用之才也。

家中继母已托二、三、四弟照应、孝敬，你不必回家可也。

国昌、永昌、加昌诸弟鉴：

兄已死矣，家中事俱已分清，唯兄所恨者，先父去世，嘱托奉养继母之责，吾弟宜竭力孝敬，不负父兄之托也。

欣农、仰心、遐福、慈情诸先生鉴：

吾先父所办学校校款，欣农、遐福均悉，并先父在日已交地方正绅办理。所虑者，吾死后恐吾弟等不明白之处，还要强行分产，诸君证明已有其父遗嘱，属吕潭地方学校，为教育贫穷子弟而设，款项皆由先父捐助，非先父之私产，学校款，诸弟不必过问。

导读

采选关键词：抗日同盟军；为国而死；赤诚之心；夫妻情深

吉鸿昌(1895—1934)，河南省扶沟县人，中国共产党党员。吉鸿昌曾是冯玉祥部下，后接受蒋介石改编，因其“围剿”红军态度消极，被蒋介石解除兵权。1932年秋，吉鸿昌在北平加入中国共产党，组织武装抗日，曾任“察哈尔民众抗日同盟军”第二军军长、北路前敌总指挥兼察哈尔警备司令。后在天津租界被捕，1934年11月24日，在北平陆军监狱被杀。

吉鸿昌在被杀之前，给自己的亲友写下了这三封书信，信中内容除了交代身后事，还有吉鸿昌为了报国救民奋不顾身的伟大理想。

镜头一

北平·入党宣言

1932年的北平，处于国民党的统治之下。这一年，东三省已经沦陷在日寇的铁蹄之下，而国民政府仍在对中央苏区进行“围剿”。这一年，无数的地下党员积极开展抗日救国工作，而国民政府却在全力捕杀他们。这一年，感受到世事多艰的吉鸿昌寻找到了一条光明的救国路，正式加入了中国共产党。

1932 年 4 月，吉鸿昌经过一番乔装打扮，来到了位于北平的一处联络站。几个月前，他便与我党华北政治局局长吴成方有过接触，他想要加入中国共产党。因为这些年来，他发现国民政府并没有救国救民的能力，尤其是九一八事变之后，他对国民政府已经彻底失望了。

吉鸿昌想要报国救民，想要赶走侵占东三省的日寇，但是他的行为被国民政府制止。这时候他看到了活跃在这片土地上的共产党，当时虽然共产党的军事实力被国民政府压制，但始终怀揣着赤诚的救国之心，所以吉鸿昌决定加入中国共产党。

经历了“四一二”政变之后，共产党人对国民政府出身的人自然会产生一种警惕心理，所以大多数人对吉鸿昌入党都持有一种怀疑的态度。但是他们并没有拒绝吉鸿昌，而是决定要给他一个考验。这并没有难倒一心想要加入中国共产党的吉鸿昌，他很快便在中央苏区接受了考验。

吉鸿昌走进联络站,便看到吴成方早已坐在里面等待着他。吉鸿昌向吴成方详细汇报了本次前去中央苏区的经过，并再一次提出了加入中国共产党的请求。这一次，吴成方没有拒绝，他通过吉鸿昌的实际表现，认为接受吉鸿昌入党的条件已经成熟。

“严守秘密，服从纪律，牺牲个人，阶级斗争，努力革命，永不叛党。”在吴成方的见证下，吉鸿昌宣读了自己的入党誓词。他从一个旧军人成了共产党员，这不仅仅意味着他获得了新的政治生命，更意味着他将踏上新的报国救民之路。

镜头二

多伦 · 抗日前线

1933年7月，察哈尔民众抗日同盟军在吉鸿昌的带领下，向着多伦进发。多伦在当时是察东的重镇，连接着张家口、五原、漠河、吉林、临江等地，是塞北铁路的中心。日寇占领热河之后，便将处于热河、察哈尔两省要道的多伦当作军事、经济方面的桥头堡。

抗日同盟军是在冯玉祥、吉鸿昌领导下成立的抗日武装组织，自成立以来，他们先后接管了察哈尔省政府，撤换了察哈尔省主席、警察处长等国民政府任命的官员。吉鸿昌被任命为抗日同盟军第二军军长，在他的带领下，部队士气高昂地奔赴前线，与日寇展开战斗。

同盟军先后收复了康保、沽源等地，然后向着多伦这一重镇进发。战斗刚刚开始，同盟军便遭到了日军飞机的轰炸，攻势一度被打断。吉鸿昌命令士兵将掩体挖深以防备敌机的轰炸，然后又派出士兵化装成伪军混入城内，潜入到敌人内部。

计划进行得十分顺利，夜晚零点，同盟军发起总攻。敌人部署在城外的阵地瞬间被突破，但是攻城却受到了阻碍。同盟军连续组织三次攻城，均以失败告终，于是吉鸿昌下令停止进攻。

凌晨时分，通常是人最为疲倦的时间点，守城的敌人经历了前面高强度的战斗之后，已经累得东倒西歪。这个时候，吉鸿昌的身影出现在了前沿阵地，随着冲锋号声的响起，攻城部队再度咆哮着向多伦城冲去。敌人慌乱之间急忙反击，几个火力薄弱点暴露在吉鸿昌眼前，他迅速指挥敢死队向着城墙薄弱点冲去，并向城内的内应发出信号。在里应外合之下，敌人丢掉了城墙，匆忙向城内逃窜。

之后便是同盟军最具优势的巷战，将士们挥舞着寒光闪闪的大刀，向着敌人砍去。经过三个小时的战斗，同盟军将敌人全部驱逐出城，将多伦城收复。这是中国军队首次从日寇手中收复失地，这一战不仅仅震惊中外，更燃起了中国军民抗战的希望。

握蘭簃裁曲圖
敬釋先生雅屬癸酉
買鐙日時居舊京齊璜

镜头三

天津·民族战旗

1934年，在天津的街头，一份名为《民族战旗》的报纸出现在了街头，以“枪口对外不对内”七个大字作为标题，宣传中国共产党的抗日民族统一战线政策，号召全国人民团结起来，齐心抗日。

《民族战旗》是中国人民反法西斯大同盟的机关刊物，而印刷中心便是在吉鸿昌的家中。察哈尔民众抗日同盟军虽然在吉鸿昌的带领下，取得了多伦城的胜利，但也因此遭到了日军的疯狂反扑，加之国民政府不断给冯玉祥等人施加压力，最终同盟军被迫解散。

虽然抗日同盟军以失败告终，但是吉鸿昌的抗日决心丝毫未受影响。他先是前往上海，向党组织汇报工作，然后带着党交给他的新任务来到了天津。他利用自己在察北抗战的名声，加上西北军中的老关系，很快便与全国各地反蒋抗日力量取得了联系。

5月，吉鸿昌和南汉宸等人在天津成立了中国人民反法西斯大同盟，冯玉祥、方振武等各派抗日力量纷纷加入。为了宣传抗日工作，吉鸿昌购买了简易印刷工具，印刷《民族战旗》

报向人民宣传抗日斗争，在全国各地取得了很大反响。

报纸很快便引起了国民政府的注意。当时的国民政府在“攘外必先安内”的政策指引下，向中央苏区发动了一次又一次“围剿”。地方政府也在这种政策之下发起“清洗”行动，抓捕从事抗日活动的中共地下党人。国民政府顺着《民族战旗》报很快将目标锁定到吉鸿昌身上。

感受到来自敌人的注视，吉鸿昌迅速行动起来，一边改变了联络地点和方法，一边将设在自己家里的印刷所转移，保护党组织和同志们的安全。为了让敌人放松对他的监视，他改变了自己的生活方式，每天都在惠中饭店打牌、听戏。同时，他在北平鼓楼大街建立了一个新的联络点，用来接待外地来的抗日力量代表。

镜头四

北平 · 从容赴死

1934 年 11 月 24 日，在北平的行刑场内，吉鸿昌怒视着双腿发抖的刽子手，说：“我为抗日而死，死得光明正大，不能背后挨枪，你在我眼前开枪吧！我要亲眼看着敌人的子弹是怎么打死我的！”

剑子手被吉鸿昌震慑住了，过了好半天才回过神来。这个时候，行刑的时辰到了，剑子手颤抖地举起枪，缓缓地瞄准眼前这个正气凛然的人，犹豫了良久，最后手指无力地扣动了扳机。随着一声枪响，抗日英雄吉鸿昌英勇就义，时年三十九岁。

时间回到这一天的上午，监刑官将蒋介石的枪决电令与北平法院的判决书拿到了吉鸿昌面前。吉鸿昌异常镇定地向监刑官要来纸笔，给自己的亲友写下了遗书。他的妻子知道并支持他所做的事业，所以他只是希望妻子能照顾好儿女。他希望他的兄弟们能够完成父亲的嘱托，好好照顾自己的继母。他还希望他的朋友们能照顾好父亲与自己共同创办的学校。

吉鸿昌在西北军期间，偶有空隙便读书写字，这让他开阔了眼界，懂得了许多道理。因此，他知道知识对于人生的重要，所以他回乡之后便与父亲商量办一所免费的学校。他的父亲吉茂松本就是一个乐善好施的人，于是便同意了他的想法，开办了“吕北小学”。

学校办起来之后，吉鸿昌便将自己积攒下来的薪水寄回家中，供学校建设使用。同时，他还经常写信给学校，了解办学情况，鼓励学生们能早日成才，报效国家。他希望自己能够培养出更多的人才来为国家做出贡献，希望能有更多的人来完成自己报国救民的理想。

品读有感

从北平出发，最后又回到了北平，吉鸿昌绕了一个大圈，在这个大圈之中，写着四个大字——“抗日救国”。吉鸿昌是一个很纯粹的人，在他的眼中，只有抗日救国这一个目标，为了这个目标，他可以抛弃高官，可以抛弃厚禄，甚至可以抛弃自己的生命。

直到临刑前，他仍然想着自己的目标，写下一首就义诗：

恨不抗日死，留作今日羞。

国破尚如此，我何惜此头？

这也许就是吉鸿昌这辈子最大的遗憾了。身为一个抗日英雄，最后没能战死疆场，反而死在了同胞手中，这是何等的讽刺，又是何等的愤慨与悲凉？

扫描收听本章音频（吉鸿昌篇）

感

悟

感悟

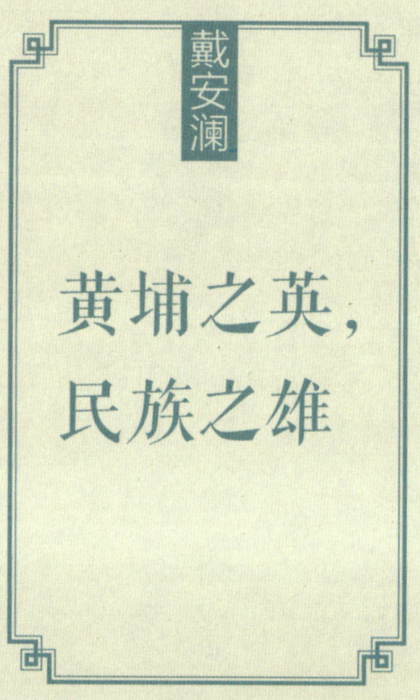

戴安澜

黄埔之英，民族之雄

写信人：戴安澜

从缅甸到中国，仅仅一境之隔，戴安澜将军却没能走回来。戴安澜将军带领机械化部队打退了日军的数次进攻，却没想到自己的英军盟友一战即溃，让自己陷入了日军包围之中。戴安澜将军丢弃了引以为傲的机械化装备，穿越丛林向中国境内撤退，却最终没能逃过日军的围追堵截，英勇殉国。

收信人：王荷馨

王荷馨是戴安澜将军的夫人，她是一个没什么文化的乡下姑娘，就连名字都是戴安澜将军所取。但她是一个深明大义的贤妻良母，在戴安澜将军牺牲后，她遵照遗嘱，操持整个家族的家务，并悉心将子女抚养成人。

亲爱的荷馨：

余此次奉命固守东瓜，因上面大计未定，其后方联络过远，敌人行动又快，现在孤军奋斗，决以全部牺牲，以报国家养育！

为国战死，事极光荣，所念者，老母外出，未能侍奉。端公仙逝，未及送葬。你们母子今后生活，当更痛苦。但东、靖、篱、澄四儿，俱极聪俊，将来必有大成。你只苦得几年，即可有福，自有出头之日矣。

望勿以我为念，我要部署杀敌，时间太忙，望你自重，并爱护诸儿，侍奉老母！老父在皖，可不必呈闻。专此即颂

心安

安澜手启

三、廿二

生活费用，可与志川、子模、尔奎三人洽取，因为他们经手，我亦不知，想他们必能本诸良心，以不负我也。

子模、志川、尔奎，三位同志鉴：

余此次远征缅甸，因主力距离过远，敌人行动又快，余决以一死，以报国家！我们或为姻戚，或为同僚，相处多年，肝胆相照，而生活费用，均由诸兄经手。余如战死之后，妻子精神生活，已极痛苦，物质生活，更断来源，望兄等为我善筹善后。人之相知，贵相知心，想诸兄必不负我也。手此即颂

勋安

安澜手启

三、廿二

导读

采选关键词：中国远征军；域外死忠第一人；为国战死

“一寸山河一寸血，十万青年十万兵。”带着这句口号，无数热血青年加入中国远征军，开赴缅甸战场，配合盟军，向日本侵略者发动反攻。在他们之前，已经有远征军踏足这里，那一批远征军在这片丛林之中与日军殊死相搏，击退了日军一次又一次的进攻，其中便有第二〇〇师的师长戴安澜将军[1]。

戴安澜（1904—1942），原名戴炳阳，字衍功，自号海鸥，安徽省无为县仁泉乡（今洪巷乡）人。1942年，率第二〇〇师作为中国远征军的先头部队赴缅参战，取得同古会战胜利、收复棠吉。

1942年5月18日在郎科地区指挥突围战斗中负重伤，26日下午5时40分在缅北茅邦村殉国。1942年10月16日，追赠陆军中将，中华人民共和国成立后被追认为革命烈士。

1　日军番号用阿拉伯数字表示，我军番号用汉字表示。

丙戌初夏悲鴻

血战昆仑关

1939 年 12 月，在广西爆发的昆仑关之战已经进入反攻阶段。这天，国民党军队决定要向驻守在昆仑关的日军发动一次攻击，目的是为了拔除昆仑关前的所有阻碍。

天还没亮，无数坦克、战车便从国军驻地中开了出来，这是第二〇〇师，中国第一支机械化部队，也是今天负责主攻的部队，师长便是海鸥将军戴安澜。蒋介石将这支全国唯一的机械化军队视为珍宝，将它划归最高统帅部直接管理，从不轻易使用。这场战斗便是第二〇〇师组编之后的第一场攻坚战，不容有失，所以戴安澜也做好了血战到底的准备。

战斗刚一开始，第二〇〇师便在戴安澜的指挥下向着敌方阵地发动了猛攻，无数炮弹呼啸着向敌军阵地飞去，步兵团也在装甲车的掩护下向敌人阵地靠近。为了确保这场战斗的胜利，战斗一开始戴安澜便将自己的警卫连投入到前线战斗中去。他亲赴一线战壕指挥将士冲锋陷阵，取得了累累战果，两日内连克同兴堡、罗塘堡、653 高地等敌军占领区。

除了攻占阵地之外，第二〇〇师还取得了另一个辉煌的战绩。那便是击败了号称“钢军”的日本第 21 旅团，并击毙了旅团长中村正雄。日军第 21 旅团曾经在日俄战争中依靠顽强的意志无数次击败俄国军队，所以被称为“钢军”。今天，他们在昆仑关战场，遇到了比他们更加顽强的军队，那便是第二〇〇师。凭借这个辉煌的战绩，第二〇〇师一战成名。

在攻打653高地的时候，戴安澜将军在一线指挥作战，不幸被炮弹所伤。但他仍然坚守在前线，指挥着第二〇〇师继续作战，直到攻至界首高地才停止前进。伤势严重的戴安澜将军此时才被部下送至附近的野战医院进行包扎。

1939年12月28日，夜幕刚刚笼罩大地便被战火划破，停驻在界首高地附近的国军向着高地发起了总攻，戴安澜将军的第二〇〇师负责提供炮火支援，掩护荣誉第一师的主攻。战斗刚一开始便陷入了僵局，日军凭借着碉堡等防御工事，打退了国军一次又一次地进攻。见此情况，荣誉第一师第三团主动请缨担任敢死队，这些战士身上绑着手榴弹，向着日军的防御工事发起了自杀式攻击。在战士们奋不顾身的攻势下，国军顺利攻占了界首高地。

镜头二

同古防御战

1942年3月20日，缅甸同古城中，戴安澜坐在师指挥所闷热的掩体里，召开临时会议。他的脸上满是灰土和汗渍，但精神振奋，仍是一副天不怕、地不怕的大丈夫气概。

这场会议商讨的事情只有一件，那便是与来犯日军死战到底。日军已经把同古城团团围住，不战而退是行不通的。而且他们是第一支域外作战的中国军队，无论如何也要打出中国军人的风采，于是戴安澜向部下立下军中遗言："余奉命固守同古，誓与城共存亡。余战死，以副师长代理；副师长战死，参谋长代理。"

当天晚上，第二〇〇师在戴安澜指挥下做出调整，主动放弃城外的前沿阵地，在同古城内修建防御工事，作为此次的主战场。为了防止己方陷入孤立无援的境地，戴安澜带领指挥部去城外山地驻守，城内守军则交由五九八团团长郑庭笈指挥，两者互为犄角，以抵御日军的进攻。

与此同时，日军调集来的飞机大炮等重武器也已经就位，配合着 55 师团两万精锐步兵向着同古城发起进攻。然而令日军万万没想到的是，凭借着同古城的防御工事与山上军队的援助，第二〇〇师竟然顽强地守住了同古。这令日军第 15 军军长饭田祥二郎大为愤怒，急电刚从新加坡赶来的 56 师团开赴同古，加大攻击强度。

第二〇〇师面对 4 倍于己的日军，苦战 10 天，歼灭了日军 3000 余人。29 日夜晚，第二〇〇师接到撤退的命令，戴安澜率众突围，准备投入下一次战斗。

这是中国远征军在缅甸战场中的一个片段。当时英军刚刚经历了敦刻尔克大溃败，已经没有兵力支援太平洋战场，而美国则被日军偷袭珍珠港，舰艇损失严重。日军便是在这种背景下肆无忌惮地开辟了新战场，马来西亚、泰国、印度尼西亚和菲律宾的大部分地区均被日军占领。

之后，日军开始进攻缅甸，这给中国战场施加了更大的压力。因为在当时，中国的国际交通线仅剩下滇缅公路，国民政府抗战所需军火和战略物资全是通过这条路线运输。另外，日军攻占缅甸之后便可以从西南对中国形成包围圈，届时中国战区将面对日军的两面夹击，形势将会更加严峻。为此，国民政府组建中国远征军前去支援，并将自己的王牌部队第二〇〇师也纳入远征军队伍，由此可见对缅甸战场的重视。

镜头三

郎科遭遇战

1942 年 5 月 18 日黄昏，第二〇〇师官兵隐蔽运动至腊戌西南侧的郎科地区。戴安澜坐在一片低矮的灌木丛中，借着西方一片霞光，掏出那张皱巴巴的地图，在膝盖上展开。

从地图上看，郎科离国境线只有半截手指长，大约是七八十公里。回国的路程十分已经走完九分。越是接近国境，越是不敢大意。第二〇〇师的官兵们提心吊胆，百倍警惕。夜里 11 时，部队隐蔽接近腊戍西侧细包至摩谷公路。这是归国途中要穿越的最后一条公路。

这个时候，前方突然响起了枪炮声，戴安澜知道，他们遇到日军了。果不其然，前方正是日军第 56 师团两个大队，他们奉军部之命，搜寻戴安澜所在的第二〇〇师的踪迹。正当他们想要放弃的时候，却突然发现了第二〇〇师的行踪，于是他们早早地布下埋伏，等待第二〇〇师的到来。

如今的第二〇〇师已经不是刚刚进入缅甸战场的机械化部队了。自从英国盟军不战而退之后，远征军便陷入了孤军作战的境地。当远征军也要撤退的时候，却发现自己早已陷入了日军的包围圈之中，一部分人随着英国人撤退到了印度，另一部分则要突破日军的层层包围回国。

第二〇〇师要回国，所以他们放弃了曾经引以为傲的坦克、战车、重炮，进入了热带雨林中。面对前方拦路的日军，第二〇〇师退无可退，戴安澜下达命令："今天只能不是鱼死，就是网破！"终于，第二〇〇师付出惨重的伤亡代价，从日军的包围圈中冲了出来。

但是戴安澜却在冲锋的时候被日军机枪扫中，士兵们用担架抬着戴安澜，在热带雨林中与日军展开周旋。5 月 26 日，第二〇〇师行至缅甸北部茅邦村，这里距离国境仅有三五日路程，突围眼看就要实现。可是戴安澜却因为缺乏药物治疗，又遭受日晒雨淋，伤口化脓溃烂而不治。在生命垂危之际，戴安澜让一名士兵将他扶起，朝着祖国的方向望了最后一眼，壮烈殉国，时年三十八岁。

镜头四

全州公祭 天地同悲

1942 年 6 月 2 日，第二〇〇师带着戴安澜将军的遗骸踏上了祖国的土地。7 月 8 日，将军的灵柩先后经过云南昆明、贵州安顺和贵阳、广西柳州和桂林，最后运抵广西全州。

戴安澜将军的忠骸在保山重新入殓。灵柩每至一地，当地的群众皆默哀以示敬意。路过昆明时，有数万人前来迎灵，队伍排成一条长龙，延绵数里；路过贵阳时，人们为了祭奠这位捐躯报国的将军，纷纷在街道边摆设祭品；路过柳州时，群众自发去火车站迎灵；路过桂林时，各界人士不约而同前往悼念。

1943 年 4 月 1 日，蒋介石委托李济深在广西全州湘山寺，为牺牲在异国他乡的戴安澜将军举行了国葬。全州百姓纷纷自发前来，到会人数超过万人。现场悬挂着各种挽联，无数花圈叠置在一起，显得极为悲壮肃穆。

追悼大会上，国共两党重要人士纷纷送了花圈、挽联和挽诗。毛泽东送挽诗《海鸥将军千古》以示哀悼：

外侮需人御，将军赋采薇。师称机械化，勇夺虎罴威。
浴血东瓜守，驱倭棠吉归。沙场竟殒命，壮志也无违。

除此之外，周恩来、蒋介石、李宗仁等也题写挽词悼念戴安澜将军。

周恩来：
黄埔之英，民族之雄。

蒋介石：
虎头食肉负雄姿，看万里长征，与敌周旋欣不忝；
马革裹尸酧壮志，惜大勋未集，虚予期望痛何如？

李宗仁：
觥觥戴君，乃武乃文，身经百战，屡建殊勋；
竭忠域外，归骨国门，英爽虽隔，浩气常存。

品读有感

美国总统罗斯福曾这样评价戴安澜将军：“中华民国陆军

第二〇〇师师长戴安澜将军于1942年同盟国缅甸战场协同援英抗日时期，作战英勇，指挥卓越，圆满完成所负任务，实为我同盟国军人之优良楷模。”

戴安澜将军是第二次世界大战期间我国第一位在国外阵亡的将军。虽然这一次远征以失败告终，但是他们打出了中国军人的风采，让同盟国见识到了中国的力量，使中国战场的抗日战争与世界反法西斯战争汇成一体，为抗日战争的胜利奠定了坚实的基础。

2009年，中宣部、中组部等部门评选“100位为新中国成立作出突出贡献的英雄模范人物”，戴安澜将军位列其中。

扫描收听本章音频（戴安澜篇）

感
悟

感悟

刘宗歆

舍身救人除鼠疫，医者终究难自医

写信人：刘宗歆

刘宗歆，既不是上阵杀敌的将军，也不是政府的高层政要，但是人们应该记住他的名字。他是一位救死扶伤的医生，一位活跃在日军细菌战战场的医生。虽然他没有白求恩、柯棣华那般享有盛名，但是他身上的人道主义精神丝毫不逊于这两位医生。

收信人：陈娟

刘宗歆生前写下的最后一封书信便是写给妻子陈娟（舍子）的。在信中，他告诉妻子自己摸索出了治疗鼠疫的方法，并嘱托妻子照顾好母亲，说他明年一定回家看望。然而在病魔的侵袭之下，他没能实现承诺，倒在了自己的工作台上，这封家书也成了刘宗歆的绝笔信。

舍子：

十日来信收到，我在义乌诊治鼠疫已得五十多人，半死半活（发病后一天半内服药者多治愈，二天后服药者多死亡），疫势未减，很忙，短时间不能走开。

涛囡很好，有潘家斗人何小姐照料大概还可以，家乡雅世伯来信平安，我怕不能回乡啊。

何太太让她同斯炎走吧！你可设法同信客回乡转衢，行李等物当心，到家后就写信给我，朋囡可能时带来较好，寄给人家总不方便。

你到家来信时若疫势平我可设法回乡，若病人仍很多那倒困难了，且等到乡后再说，钰弟来信说愿同来也很好！

母亲劝劝她说我明年一定来看她，保重身体要紧。

再见！

宗歆上

十二、廿六

我不要买东西！

来信寄义乌卫生医院转交

祝三老伯大人尊鉴，敬肃者：

元旦阅《东南日报》载称，令郎宗歆学兄在义乌染肺鼠疫，于三十日病殁。

消息传来，皆为震惊，晚闻之，尤若晴天霹雳，悲悼逾恒。

忆于十二月八日宗歆兄以扑灭鼠疫之壮志，率员就道，行前为其饯行，谈欢自若，执手话别，犹觉依依，东西两地，音闻时通，噩耗传来，我失良友，国殇壮士，悲痛之情，实难自抑也。

然如宗歆兄者，以济世活人之心，置身危险而不顾，是其成功且成仁矣，其人虽死英灵必长存也！犹希老伯大人节哀处逆，其夫人来沪未返，其公子涛侄留衢，见其零丁尤为可悲，晚必善为谈理，略表寸心而已。现正与各学友筹商善后，以抚遗孤，而慰英灵。肃此驰闻，敬颂

尊安

晚毕骏选拜启

三十一年元月二日

导读

采选关键词：细菌战；人道主义精神；医者难自医

1939年6月，日军飞机在绍兴沥海第一次投下白色粉末，拉开浙赣细菌战的帷幕。根据战时记载，浙江、江西等地感染疫病的人数约为230万人，其中死亡人数约为65万人。这其中不仅有士兵、平民，还有负责抗击细菌战的医生。

刘宗歆（1912—1941），浙江上虞人。1933年考入同济大学医学院，大学毕业后，先后在中国红十字会救护大队所属医疗队、新四军军部后方医院任医师。1940年，担任医疗队长，先后在浙江衢县、义乌防治鼠疫，不幸以身殉职，时年二十九岁。1941年12月26日，他写信给家人报平安，但是没想到之后在诊治病人的过程中染上了鼠疫，没过几天便牺牲在了救治一线上。

镜头一

南京·战地救护集训

1937年的南京车站，刘宗歆与自己的老师、同学一同走了出来，他们是从同济大学赶来的。今年，南京将会举行一个全国医药专科学生集训，主要学习军事技术以及战地救护技术。

刘宗歆走在街道上，脑海里想着中国的形势。从他记事开始，似乎自己的祖国便一直处在战乱之中。今天革命军推倒了一个军阀，明天另一个军阀又崛起了；今天一个军阀吞并了另一个军阀，明天这个军阀又消灭了一伙革命军。直到最近几年才算平静下来。

刘宗歆的父亲本来打算让他学习金融专业，但是被他拒绝了。这是因为他见过了太多的鲜血，见过太多生命的消逝，他想要挽救生命，想要拯救自己的祖国。所以刘宗歆选择了医学专业。

现在中国土地上的战争比起军阀混战时期已经少很多了，只剩下以南京政府为首的国民政府与西北延安的红军之间的战斗了。但是刘宗歆还是选择学医，因为他知道在东三省还盘踞着日本帝国主义，他们随时都有可能对中国发起进攻，到时候这片土地上会有更多的人流血牺牲。

比起国民政府，刘宗歆更喜欢延安红军。不为别的，就是因为延安方面主张抗日，而国民政府却是按照“攘外必先安内”的政策，使得东三省没有任何抵抗就沦陷了。为此，刘宗歆加入了同济大学的中共地下组织，他认为中国共产党能拯救中国，他要跟随共产党一同去拯救中国。

一行人很快便来到了南京的一处医院。刘宗歆看到了很多和自己一样的年轻人，他们是来自其他学校医学专业的学生。

他们每个人都微笑着，浑身都洋溢着希望，他们是医生，他们的职责是给病人希望。

镜头二

泾县云岭·救死扶伤

泾县云岭是革命老区，在 1940 年，这里是新四军的军部所在地。这一年的元旦，整个军部都张灯结彩，庆祝这一年一度的节日。项英副军长更是邀请了新四军的大功臣前来参加干部午餐会。

这些功臣没有穿军装，而是一个个都穿着白大褂，在整个军部中显得很是独特。他们是救死扶伤的医生，那些受伤的职业军人全是在他们的手中恢复健康的，所以他们是新四军的大功臣。这其中便有来自同济大学的刘宗歆，他现在已经是金华大队第六中队第六十七医疗队的一位医师了。

这些穿着白大褂的医师刚刚来到军部，便被满怀感激的战士们簇拥起来。这些年来，如果不是这些医师的救护，不知会有多少战士死在伤病之下。热情的战士将他们带到了干部午餐会所在地，副军长项英已经走出来迎接他们。

看着战士们感激的面孔，刘宗歆找到了从医的意义，更加坚定了自己的信念。自从 1937 年那次集训之后，盘踞在东三省的日军便发动了全面侵华战争，相继攻陷了上海、南京等地。同济大学也迫于形势开始内迁，他们医学院的学生承担起协助伤员撤退的任务。

待到同济大学迁移完毕，刘宗歆便向学校申请了提前毕业。他是医学院学生，已经掌握了救死扶伤的基本能力，他想要前往前线医院，救治为国抛头颅，洒热血的战士。学校同意了他的申请，于是他加入了中国红十字会救护队，以他的方式，为拯救祖国尽一份力。

1938 年，他跟随医疗队来到了新四军所在地，并带领一组医护人员前往小河口军部后方医院，开始了他的工作。两年过去了，刘宗歆凭借良好的医德和精湛的医术，赢得了新四军战士的尊敬，所有的新四军战士都知道小河口医院有位医术高超的刘医生。

镜头三

衢县·天降瘟疫

1940年10月4日凌晨5时，一架带着太阳旗的飞机来到了衢县，这架飞机似乎是生怕别人看不到它的存在，所以飞得很低。它在县城上空盘旋多时，最后掠屋而去。等到飞机走后，县里的居民在柴家巷发现了很多麦子、黑麦、粟米，还有很多跳蚤。

居民们看到这些，都没有太在意，在他们的心中，只要敌机抛下来的不是炮弹就是万幸了。他们不知道的是，这些粮食与跳蚤，是比炮弹恐怖百倍的东西。17天过去了，衢县发生了一件奇怪的事情，那便是县中的老鼠都莫名其妙地死去了，居民们皆拍手称快，毕竟这样一来便不用担心粮食被老鼠祸害了。

11月12日，家住柴家巷的吴士英突然感染重病，到了15日便去世了。接下来的几天，驻守在衢县的第四防疫分队陆续接到了居民染病死亡的消息，他们立刻派人前去调查，最后确定为腺鼠疫。为了清除鼠疫，防疫委员会决定分片焚烧病人住所，暂时控制住了疫情的蔓延。

1941 年 3 月上旬，鼠疫在衢县再度暴发，疫情一发不可收拾。也正是那时候，刘宗歆带领三一二医疗队来到了衢县。在这里，由多个医疗单位共同组建了防疫处隔离医院，专门负责救治感染鼠疫的病人，并且指导地方防疫分队开展防疫工作。

刘宗歆想方设法救治这些感染鼠疫的居民，摸索着进行治疗。从他给家人的家书中，我们可以看到他已经取得了一些成果，但是，厄运很快降临到了他的头上。

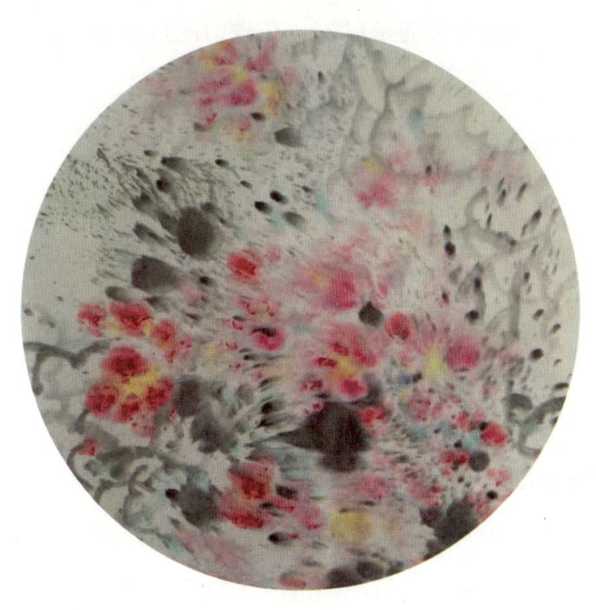

镜头四

义乌·医者难自医

1941 年 9 月，衢县的鼠疫向着义乌蔓延，并迅速扩散到全城。刘宗歆带领着医疗队从衢县奔赴义乌，随后几个月，每日奔走在义乌城乡的鼠疫重灾区之间。

1941 年年底的一天傍晚，刘宗歆忙碌了一天，正在吃晚饭。这时，一位老太太来请刘宗歆为她女儿看病。刘宗歆救人心切，没有仔细穿好隔离服，就随老太太去诊治病人。待赶至现场，刘宗歆才发现病人患的是鼠疫，在救治的过程中，他不幸被病毒感染。后来因为缺少药物，延误了治疗时间，最后抢救无效，以身殉职。

品读有感

细菌战是日本帝国主义犯下的不可饶恕的、灭绝人性的罪行。从 1940 年 9 月 18 日至 1940 年 10 月 7 日，日军先后对宁波、金华等城市进行 6 次细菌战，还派出特务在浙赣地区洒播霍乱与伤寒菌液，从而制造出浙赣疫区。之后更是在常德与浙赣作战中多次进行细菌战，给我国造成了巨大的人员和财产损失。

医者救人，看似天经地义，其实更多的是出自人道主义关怀。就像白求恩，千里迢迢来到中国为八路军救治伤员，创办卫生学院，培养了大批医务人员。

2014 年 9 月，西非埃博拉疫情迅速蔓延，出现了难以控制的局面。解放军三〇二医院迅速成立了救援医疗队，他们每一个人，都写好了遗书，准备和埃博拉病毒殊死搏斗。最终，他们成功击败了埃博拉病毒，在他们的身上，闪烁着和刘宗歆同样的人道主义精神的光辉。

扫描收听本章音频（刘宗歆篇）

感悟

感
悟

蔡炳炎

身先士卒战淞沪，将军功名千载传

写信人：蔡炳炎

从北伐战争开始，蔡炳炎将军便为了对抗军阀、对抗帝国主义而奋战。他从《饮冰室文集》中受到启发，在黄埔军校找到了自己可以为之奋斗一生的目标——实现人人平等。为了这个目标，他主动请战，抗击日本帝国主义的侵犯，最终血洒疆场。

收信人：赵志学

蔡炳炎将军最放不下的便是自己的妻儿，在他人生的最后战役中，他看了一眼妻子与儿子的照片，然后义无反顾地向着日军发起了冲锋。他给妻子赵志学留下了书信，嘱咐她照顾好子女。赵志学女士没有辜负他的期盼，她不仅将孩子抚养长大，更难得的是，多年过去，这两封书信依旧保存完好。

志学内子妆鉴：

新秋入序，暑气渐消，尤以夜间气爽，想皖地谅亦同此景象耳。沪战闻我军连日胜利，敌方大有恼羞成怒之势。昨日报载，又由日运来援军五万余口，果尔，则二次大战即将爆发。同时又据报载，上海汇山码头为我军占领，敌人虽有大部援军，无法登陆，虽多众无以为。我等刻仍在此间休息，如沪寇日内再不解决，或即参加战斗也。前函家用账目由你管理，望即实行，无得疏忽，此为最要紧之事。保、亚、浙等儿辈均好吗？甚念。特此，敬颂

时祺

洁宜于常州洪庙

八月十一日上午七时

志学内子妆鉴：

连日致书谅已躬览，先后汇带之款前函所述办法，务希切实作到，是为至盼。我等于本日仍在此间休息，因沪上连日胜利且战区狭，不能使用巨大兵力故也。周难于此次过汉，乘机潜逃，此人瘦弱无忠骨，所以不可靠。殊不知国难至此已到最后关头，国将不保，家亦焉能存在？如到皖不得令其居住。慕兰之事时在念中，望设法促成，以免我一件顾虑。老八资质甚佳，我颇爱之，希注意保育为要。专此，敬颂

时祺

洁宜手启

八月二十二日于常州城北之洪庙上午八时半发

导读

采选关键词：淞沪会战；力战而亡；挂念妻儿

“野旷天清无战声，四万义军同日死。”这是诗圣杜甫在安史之乱惨烈战场中的感叹，亦是1937年淞沪会战的真实写照。

1937年8月13日，淞沪会战爆发，中国军队先后共有20个军、50多个师投入进来，共计兵力70多万。日本方面先后投入海军陆战队和陆军部队14个半师团，共计28万人。在这场战争中，我军共伤亡20多万人，其中便有死守罗店，力战而亡的蔡炳炎将军。

蔡炳炎（1902—1937），又名蔡善举，字子遗、洁宜，合肥胡浅人。黄埔军校步科和陆军大学特别班第一期毕业生。1937年抗日战争爆发时，任国民党陆军第十八军六十七师二〇一旅少将旅长。2014年9月1日，被列入民政部公布的第一批300名著名抗日英烈和英雄群体名录。

蔡炳炎开赴抗日前线时，再三嘱咐爱妻：“现在抗战很紧张，何时回来很难预料。”临战前，他又信告爱妻：“国将不保，家亦焉能存在？”蔡炳炎灵柩运往安庆时，沿途苏州、南京、芜湖等地的各界人士皆为之举行公祭。

镜头一

三河镇·求学读饮冰

1917 年，世界仍处在第一次世界大战的硝烟笼罩之下，中国北洋政府各派系之间还在处处明争暗斗。一个青年，在这一年读到了他的思想启蒙书《饮冰室文集》。

青年名叫蔡炳炎，他从小便喜爱读书，深受私塾先生喜爱。待到读完私塾的四书五经，便前往三河镇求学。三河镇是安徽的历史文化名镇，在北洋政府时期，有位叫孙举之的先生，在这个镇上办了一个学馆，招收青年前来读书。

十五岁的蔡炳炎就这样进入了这所学馆。年轻的蔡炳炎不仅聪慧过人，而且还拥有一颗强烈的好学心，因此得到了孙举之的青睐。这位孙举之先生虽然名不见经传，但是他是梁启超先生的粉丝，他的书案上常放着一本《饮冰室文集》。

有一天，蔡炳炎在先生的书案上看到了这本《饮冰室文集》。那时的梁启超已经名满天下，但凡是读书人，谁人不知“饮冰室主人”梁启超的大名？于是，蔡炳炎便向先生孙举之提出借阅的请求，孙举之本身极为欣赏蔡炳炎，自然答应了他借阅的请求。

蔡炳炎如获至宝，日夜捧着这本《饮冰室文集》阅读。先生孙举之见到蔡炳炎手不释卷的模样，更加觉得这是个可造之才，于是经常私下向蔡炳炎讲解梁启超的思想，以便他更好地理解文集。

研习《饮冰室文集》的这段时日，是蔡炳炎思想蜕变的重要时期。在梁启超思想的影响下，他从一个饱读四书五经的封建书生，变成了一个接受新文化思潮的新青年，拯民救国的宏愿在此刻深深地铭刻心中。

镜头二

黄埔·宣誓救国

“尽忠革命职务，服从本党命令。实行三民主义，无间始终死生。遵守五权宪法，只知奋斗牺牲。努力人类平等，不计成败利钝。”一个个热血男儿列成方阵，向着一面青天白日旗宣读自己的誓言。

这个画面发生在1924年，地点是广州的黄埔军校，这些宣誓的青年有着一个共同的身份——黄埔军校一期生。在他们的身上，寄托着孙中山先生的厚望，“革命军是救国救民的军人，诸君都是将来革命军的骨干……要用这500人做基础，造成我理想上的革命军。有了这种理想上的革命军，我们的革命便可以大功告成……我要求诸君，便从今天起，共同担负这种责任”。

蔡炳炎便是在黄埔校旗下宣誓的一员。当时的中国，在北洋军阀的割据之下，已经是四分五裂，民不聊生。而这个时候，俄国“十月革命”胜利的消息传到了中国。受此影响，孙中山先生决定“联俄、联共，扶助农工”，并且创办了黄埔军校，以培养革命军的骨干。

蔡炳炎听到消息，想要参加黄埔军校的考试。他不仅想着救国，更要为之付诸行动，黄埔军校便是他行动的最佳选择。黄埔军校寄托着国共两党的共同希望，所以想要获得考试资格也不是那么容易的一件事情。这个时候，蔡炳炎便得到了他生命中第二个引路人——他的舅父邓子云的帮助。

邓子云是中国同盟会会员，曾跟随孙中山先生一起探索救国的道路。邓子云在日本以及后来在广州的时候，经常写信给蔡炳炎，教他树立革命理想。通过舅父的介绍，蔡炳炎获得了考试的资格，而且他也没让舅父失望，成功考入了黄埔军校。

镜头三

徐州·医院疗养

徐州医院里，一个身材魁梧的男子拄着拐杖向外走去，刚刚走了没两步，就有两个警卫走了过来。

“团长，你不能出去，医生交代过了，你现在需要静养。”一个警卫急忙搀住蔡炳炎的胳膊。

“给我放开！”蔡炳炎黑着脸怒斥道。

“团长，你必须听医生的安排，要不然我没法子给团里其他兄弟交代。”警卫倔强地说道。

看到两个警卫寸步不让，蔡炳炎无奈地叹了口气，转身走回病房。

此时是1927年12月，蔡炳炎已经是第三师第八团的团长。不久前他奉命攻打徐州，继续完成北伐大业，没过多久便顺利地完成了任务，在符离集一带消灭了驻守徐州的直系军阀主力，顺势拿下了徐州。

正当他信心满满想要再度北进的时候，意外发生了。在进徐州城的时候，蔡炳炎不慎坠马，右小腿骨折，他短时间内不能再上战场。

这对于蔡炳炎来说是不能接受的，北伐军已经拿下了徐州，接着就会进军华北，将直奉两系军阀彻底消灭，北伐大业的成功已经是指日可待，而这个时候他却无法上战场。蔡炳炎认为，自己是一位革命战士，他愿意为拯民救国浴血奋战，而不是在这里静待战果。

镜头四

罗店·以身殉国

罗店，是上海西北郊外的一个普通小镇，不过数千人口，但在1937年，那里却被称为“血肉磨坊”。8月23日，正是淞沪会战爆发的第十天，日军第11师团在航空队炮火支援下，在川沙口、石洞口等处登陆，占领陆家宅、沈宅一线，向罗店方向进攻。

为保证侧背方向的安全，8 月 24 日晚，时任二〇一旅旅长的蔡炳炎率 5000 余官兵，星夜赶赴罗店支援。他抵达之后立即率领部下视察地形、谋划战略。他发现，在距罗店 500 米处有片竹林，且附近的河边长着茂密的芦苇，是一个打伏击战的绝佳位置。

于是蔡炳炎在那里部署了一个排，又安排了一个连去截断敌军的退路。在他部署完没多久，便有两个排的日军前来偷袭，在敌人进入伏击圈时，蔡炳炎部一举全歼了这一小股日军。

虽然取得了伏击战的胜利，但是整个淞沪战场的战况仍不容乐观。8 月 25 日早晨，日军第 11 师团后续部队相继在川沙口登陆，日军开始组织兵力对罗店发起二度攻势。同时日军的空军、海军支援也已经到位，战场上响起了飞机的轰鸣，日军军舰也向罗店阵地发动炮击。

日军战舰共向罗店发射了数千发炮弹，整个罗店的防御工事瞬间失去了作用。战斗变得异常艰苦，蔡炳炎部伤亡惨重，部队大量官兵壮烈殉国。在此紧急情况下，蔡炳炎沉着应战，派一团增强右翼，另一面将指挥所向前沿推进 300 米，设在散兵线之后，并训示全旅官兵："誓与阵地共存亡，前进者生，后退者死，其各禀遵！"

虽然全旅在蔡炳炎的指挥下，个个战士都视死如归，奋勇向前，同日寇展开近身肉搏战，但无奈日军火力强盛，加之援兵不断，罗店最终失守，蔡炳炎部陷入了绝境。在最后的关头，蔡炳炎身先士卒，带领最后的1000多人向罗店发动反扑，日军抵挡不住，慌忙撤退。然而不幸的是一颗流弹击中了他。在生命的最后一刻，蔡炳炎将军仍在高呼：“前进！前进！”

品读有感

淞沪会战前夕，蔡炳炎将军便已经预料到了这场战役会发生，他虽然身处前线，却始终挂念后方的妻儿。在战火硝烟中，他写了两封家书，嘱咐夫人照顾好子女。在国与家之间，他看似选择了以身殉国，其实也是选择了保护自己的家庭。“国将不保，家亦焉能存在？”在他的眼中，保护国便是保护自己的家，保护自己的妻儿。

罗店战役只是淞沪会战的一个开端，在此后的两个月中，国民政府内部放下了成见，共同抗日。士兵们不再有桂系、川系、中央军、西北军之分，他们只有一个名字，那便是中国军人。

扫描收听本章音频（蔡炳炎篇）

感悟

感悟

林觉民

世上安得两全法，不负天下不负卿

写信人：林觉民

国难当头，他用自己的鲜血做了世人的警钟，以此敲醒那些熟视无睹和明哲保身的人。童子试那日，他写下“少年不望万户侯”七个大字后，毅然离开考场。他思想进步，鼓励家中妇女读书，上女子学堂。十八岁时，遇到一生挚爱——陈意映。但他最终为了拯救这个国家，放弃了一切。

收信人：陈意映

她因是林觉民之妻而留名后世，同时，这个女子也是那个时代背景下众多女子的缩影。大时代下，多少壮志青年为了国家民族和心中的理想，辞别娇妻爱子，慷慨赴死，只留下更多湮没于历史的女子在长夜里哭泣。她是那个先婚后爱的旧式婚姻见证人。婚前，他们不曾尝过爱情滋味；婚后，却愈加缠绵悱恻，曾谓“君此后有远行，必以告妾，愿偕行”。

意映卿卿如晤：

吾今以此书与汝永别矣！吾作此书时，尚为世中一人；汝看此书时，吾已成为阴间一鬼。吾作此书，泪珠和笔墨齐下，不能竟书而欲搁笔。又恐汝不察吾衷，谓吾忍舍汝而死，谓吾不知汝之不欲吾死也，故遂忍悲为汝言之。

吾至爱汝！即此爱汝一念，使吾勇于就死也！吾自遇汝以来，常愿天下有情人都成眷属，然遍地腥云，满街狼犬，称心快意，几家能够？司马青衫，吾不能学太上之忘情也。语云，仁者“老吾老以及人之老，幼吾幼以及人之幼”。吾充吾爱汝之心，助天下人爱其所爱，所以敢先汝而死，不顾汝也。汝体吾此心，于悲啼之余，亦以天下人为念，当亦乐牺牲吾身与汝身之福利，为天下人谋永福也。汝其勿悲。

……

吾生平未尝以吾所志语汝，是吾不是处。然语之，又恐汝日日为吾担忧。吾牺牲百死而不辞，而使汝担忧，的的非吾所忍。吾爱汝至，所以为汝谋者惟恐未尽。汝幸而偶我，又何不幸而生今日之中国！吾幸而得汝，又何不幸而生今日之中国，卒不忍独善其身！嗟夫！巾短情长，所未尽者尚有万千，汝可摹拟得之。吾今不能见汝矣！汝不能舍吾，其时时于梦中寻我乎！一恸！

辛亥三月念六夜四鼓，意洞手书

家中诸母皆通文，有不解处，望请其指教。当尽吾意为幸。

译文

意映爱妻，见字如面：

我现在要用这封信与你永远分别了！我写这封信时，还尚在人世；但当你看到这封信时，我已经成为阴间的鬼魂了。写这封信时，眼泪和笔下的墨水一同落下，信还没有写完就想放下笔，但又怕你不能感受到我的心意，会认为我抛弃你而去，说我忍心撇下你去死，所以我就强忍悲痛给你写下了这封信。

我非常爱你，也正是因为爱你，才会让我义无反顾勇敢去死。与你相识后，我常常希望天下的有情人终成眷属；然而，遍地是血雨腥风，满街都是如豺狼恶犬一般的人，能有几家幸免于难呢？江州司马同情琵琶女的遭遇而泪洒青衫，我真的不能达到忘掉感情的状态。古语说：讲仁义的人，在孝敬自己长辈的同时，也应该照顾别人的老人。在爱护自己小孩的同时，也应该爱护别人的子女。而我用爱你的心，去帮助天下的人，希望天下人都能去爱自己所爱的人，所以，我才敢死在你的前面。如果你能体谅我的心情，在哭泣之后也挂念天下的人，应当也会觉得牺牲我们之间的恩爱，为天下的人谋求永久的福利，是一件让人快乐的事情。你千万不要伤心啊！

……

我平时并没有告诉过你我的志向，这是我不对的地方；但是如果告诉了你，你就会为我担心。我为国捐躯，就算死一百次也在所不辞，可是让你担心，确实是我不能忍受的。我爱你，我想要为你做的事只怕照顾不周全。你有幸嫁给了我，却不幸地生在了今天的中国！我有幸娶到你，可也不幸生在今天的中国！我始终不忍心只顾自己。方巾短小，但情意深长，还有成千上万句没有写完的话，你应该可以心领神会吧！如今我不能再见到你了，你舍不得我，就常常在梦里相会吧！写到这心情突然又悲痛起来了！

辛亥年三月二十六日深夜四更，意洞亲笔

家中各位伯母、叔母都通晓文字，有不理解的地方，可以请她们指教。只希望你可以完全理解我的心意才好。

导读

采选关键词：革命烈士；英勇就义；生死绝恋；动人真情

林觉民（1887—1911），字意洞，号抖飞，又号天外生，汉族，福建闽侯人。少年时就接受民主革命思想，推崇自由平等学说。留学日本期间，加入中国同盟会。1911 年春回国，4 月 26 日写下绝笔《与妻书》，后与族亲林尹民、林文随黄兴、方声洞等革命党人参加广州起义，转战途中受伤，力尽被俘，后从容就义。是“黄花岗七十二烈士”之一。

与其他家书不同，《与妻书》不是写在纸上，而是写在手帕上。书信中的主人公与众多情侣一样，拥有美好的爱情。“初婚三四个月，适冬之望日前后，窗外疏梅筛月影，依稀掩映；吾与（汝）并肩携手，低低切切，何事不语？何情不诉？”但是，最后这份爱却随着人的离去烟消云散。“汝幸而偶我，又何不幸而生今日之中国！吾幸而得汝，又何不幸而生今日之中国！”是什么让这一对情侣生离死别？又是什么让这样的有志青年英年早逝？

林觉民《与妻书》

时间回溯

1911 年 5 月的一个夜晚，租住在福州早题巷的陈意映，听到门口有塞东西的声音。她发现是丈夫林觉民所写的两封书信，其中一封是给父亲的，另一封写在方巾上，是给自己的。她打开方巾，即见“意映卿卿如晤：吾今以此书与汝永别矣！吾作此书时，尚为世中一人；汝看此书时，吾已成为阴间一鬼……”，当即泪如涌泉，泣不成声，与丈夫的点滴往事渐浮眼前……

现在，让我们回到那个群民奋起的年代。

1900年，十三岁的林觉民受家中长辈之迫，参加了童子试。在考卷上写下“少年不望万户侯”七个大字后扬长而去，与封建科举制度决裂。

十五岁时，林觉民以优异的成绩考入全闽大学堂（今福州一中），彻底摆脱科举。因有很强的组织能力，他被全闽大学堂的学生推为领袖，数次参与争取平等权利的学堂风暴，并向民众演说《挽救垂亡之中国》，大受欢迎。

1905 年，十八岁的林觉民与十七岁的陈意映成婚，住进了福州闹市区的杨桥巷 17 号。婚后夫妻感情和谐，“初婚三四个月，适冬之望日前后，窗外疏梅筛月影，依稀掩映；吾与（汝）并肩携手，低低切切，何事不语？何情不诉？”婚后，陈意映受林觉民影响，带头放小脚，入福州女子师范学堂学习，成为该校首届毕业生。陈意映与林觉民感情深厚，支持林觉民的革命活动，曾对他说：“君此后有远行，必以告妻，愿偕行。”结婚两年后，林觉民告别陈意映，东渡日本自费留学，此后加入中国同盟会。“与妻书”的故事就此开始。

福州返乡赴起义

1911年春天，林觉民突然返回福州老家，陈意映颇感惊喜，而他父亲却很惊诧。林觉民只是告诉家人学校放樱花假了，他陪日本同学游览江浙风光，顺便回家。此时他的家人并不知道林觉民回国，实际上是准备参加由黄兴领导的广州起义（即黄花岗起义），这次回来是向妻子和家人诀别的。

一个留学日本的高才生，放着好好的悠闲日子不过，为什么非要抱着必死的决心跑回国内参加起义呢？其实，林觉民早在留学日本期间，就加入了中国同盟会。

清朝末年以来，中国人的思想久被压抑，很多人被压迫得已经麻木了，心甘情愿受到压迫而没有一点反抗的意愿。这个时候，需要的是一群有志青年发出震天的吼声，打响对腐败的晚清政府的第一枪，尽管开第一枪的人肯定会流血，会牺牲。但是如果没有他们的牺牲，又何来民众反抗意识的觉醒？所以孙中山对黄花岗起义发出了这样的评价：“然是役也，碧血横

飞，浩气四塞，草木为之含悲，风云因而变色，全国久蛰之人心，乃大兴奋，怨愤所积，如怒涛排壑，不可遏抑，不半载而武昌之大革命以成。”

挑灯夜写绝笔书

4 月 24 日深夜，在香港一栋不起眼的房子里，二十四岁的林觉民夜不能寐。3 日后，他将和同志们一起，发动一场反抗清朝暴政的起义。抱着牺牲的决心，林觉民翘望“遍地腥云、满街狼犬”的神州大地，无比思念福州林家院子里美丽文静的爱妻陈意映，在案头用最深情的文字向他最亲爱的人告别：“意映卿卿如晤：吾今以此书与汝永别矣！吾作此书时，尚为世中一人；汝看此书时，吾已成为阴间一鬼……”

“吾牺牲百死而不辞”，他在信中这样决绝地写道。与这样慨然赴死的绝笔相比，广州起义却略显草率。原计划由一支 500 人的敢死队分 10 路进攻两广总督，不料到达时城门已关，只得临时将计划改为 4 路进攻。“临时”二字包含了多少的无奈与措手不及。然而更为荒谬的是，真正参与起义的只有黄兴所率领的这一路 120 名志士。

3 天后，也就是 1911 年 4 月 27 日，起义者闯入两广总督署，署内却已人去楼空。起义者举火焚烧总督署后冲出，行至东辕门，与清水师提督李准的卫队狭路相逢。激烈巷战之中，林觉民腰部中枪，受伤仆于地。但他纵声一呼，忍痛跃起，复杀多人，力竭才肯停止。被俘时，遍体鲜血淋漓。

福州林家收到噩耗

林觉民被捕的消息传回福州，林家慌忙变卖宅邸搬家。陈意映挺着大肚子，带着一家大小七口人仓皇搬到光禄坊早题巷一幢偏僻的小房子中租住。在这里，她收到了革命党人辗转送来的一个包裹。陈意映打开来看，正是林觉民在香港滨江楼上写下的两封遗书。她打开了写在方巾上的《与妻书》，看到书信，陈意映悲痛欲绝，几欲昏死。林觉民的父母双双跪在她面前，恳请陈意映念在家中尚有一岁幼儿，而她腹内还有一个小生命的分上，一定要活下去。

对于国家而言，林觉民是位英雄，可对陈意映而言呢？不知她此时的心情是否像齐豫为她写的一首歌《觉》那样，站在女人的角度，问林觉民："谁给你选择的权利，让你就这样地离去？"现实总是这样残酷，陈意映一直没有走出失去丈夫的伤痛，再加上生活变得艰难，在次子林仲新刚刚两岁的时候，陈意映郁郁而终。

斯人已逝，但书信的魅力依然，林觉民对爱妻的那份真情，那种以天下为己任、舍生取义的革命者风范，依然令人动容，而且将流芳百世、名垂千古。

林觉民故居

品读有感

林觉民短暂而辉煌的一生，有炙热的忧国忧民情结和缠绵悱恻的爱情经历，恰如匈牙利诗人裴多菲的那首《自由与爱情》："生命诚可贵，爱情价更高。若为自由故，二者皆可抛。"

他参加的黄花岗起义虽然失败了，但是它解放了人们的思想，让民主更加深入人心。黄花岗七十二烈士用自己的生命和鲜血向没落的清廷发出了怒吼声，也让麻木已久的中国人的灵魂得到了强烈的震撼。直到今天，广州白云山下的“黄花岗七十二烈士墓”依然会迎来许多祭奠者，人们为烈士不屈服的精神而感动，更为他们在“明知不可为而为之”的情况下做出的义举而感动。面对烈士群像，唯有肃穆站立！

扫描收听本章音频（林觉民篇）

感悟

感悟

张自忠

伟哉张将军！精神永不死

写信人：张自忠

在历史课本上，我们知道张自忠是台儿庄战役的战斗英雄，是抗日战争中的爱国将领。可是谁能想到这位爱国将军也曾被当作人人喊打的“汉奸”呢？卢沟桥事变之后，北平守军不战而退，平津两城被日军轻易攻占，时任北平市长的张自忠成了国民口中的“汉奸”。为了弥补自己犯下的错误，为了洗刷自己身上的污名，在那之后的所有战役，张自忠都是浴血向前，死战不退，最终为国尽忠，战死沙场。

收信人：第三十三集团军将领

第三十三集团军是因为总司令张自忠而被世人所知。张自忠不仅自己为国浴血奋战，还要求将士们拥有随时为国献身的觉悟。枣宜会战前夕，张自忠给第三十三集团军所有将领写下了一封信，从中可以读出张自忠为国死战的坚定决心。这不是一封普通意义上的家书，而是一封升华到家国情怀的红色家书。

致战友：

看最近之情况，敌人或要再来碰一下钉子，只要敌来犯，兄即到河东与弟等共同去牺牲。国家到了如此地步，除我等为其死，毫无其他办法。更相信只要我等能本此决心，我们的国家及我五千年历史之民族，决不致亡于区区三岛倭奴之手。为国家民族死之决心，海不清，石不烂，决不半点改变，愿与诸弟共勉之。

维纲、月轩、纶山、常德、振三、子烈、纯德、铭秦、德顺、德俊、迪吉、紫封、九思、作祯、亮敏、幹三、芳兰、之喆、文海、春芳诸弟

小兄张自忠手启

五、一

仰之我弟如晤：

因为战区全面战事之关系，及本身之责任，均须过河与敌一拼，现已决定于今晚往襄河东岸进发。到河东后，如能与38D、179D[1]取得联络，即率诸两部与马师不顾一切向北进之敌死拼。设若与179D、38D取不上联络，即带马之三个团，奔着我们最终之目标往北迈进。无论作好作坏，一定求良心得到安慰，以后公私均得请我弟负责。由现在起，以后或暂别，或永离，不得而知，专此布达。

小兄张自忠手启

五、六

1　38D即三十八师，179D即一七九师。下同。

导读

采选关键词：抗日战争；千夫所指；战死沙场；心路历程

“捐躯赴国难，视死忽如归”，这不仅仅是曹子建笔下建安风骨的慷慨悲凉，更是一个军人心中对国家最忠诚的誓言。“为国家民族死之决心，海不清，石不烂，决不半点改变”，著名抗日将领张自忠将军用自己的生命践行了他对国家的忠诚。

张自忠（1891—1940），字荩臣，后改荩忱，汉族，山东省临清人，第五战区右翼集团军兼第三十三集团军总司令，中国国民党上将衔陆军中将，追授二级上将衔，著名抗日将领、民族英雄。1937年至1940年先后参与临沂保卫战、徐州会战、武汉会战、随枣会战与枣宜会战。

在枣宜会战前夕，张自忠给自己的部下写下绝命书，之后便奔赴前线阵地。1940年5月15日，日军第13师团和第39师团合力夹击张自忠总部，战至16日下午4时，张自忠部伤亡殆尽，仅剩随从副官数人。待到援军第三十八师赶到，一代抗日名将已经战死沙场。

镜头一

北平·忍辱负重背骂名

1937 年 7 月 29 日，驻守平津地区的第二十九军高层召开了一场会议。会议室内，第二十九军军长宋哲元向其他人分析了当前的局势。卢沟桥事变之后，日军逐渐逼近平津地区，南京政府目前不想与日军开战，如果第二十九军执意固守北平，将会孤军奋战，就算是第二十九军全员阵亡，也抵挡不住日军的进攻。

会议很快有了结果，为了保存实力，宋哲元决定带领第二十九军南撤保定。但是随之而来的是另一个问题，他们需要留下一人与日军周旋，保障军人家眷以及军队的安全撤离，同时还要尽可能与日方协商这次争端。宋哲元说出这个问题后，会议室陷入了一片寂静之中，没有人想接这个任务，最后，宋哲元将目光放在了张自忠身上。

就这样，张自忠成了冀察政务委员会委员长兼北平市长。看着宋哲元离去的背影，张自忠对身边的人说了一句：“我怕要成为汉奸了！”果不其然，在宋哲元率领部队离开之后不久，日军便兵临城下，那时的北平已经没有守卫力量，无奈之下，张自忠做出了决定：贴出安民告示，放日军入城。

曾经的国军将领瞬间成了万人唾弃的汉奸，当时的报纸更是以“自以为忠”四个大字作为标题来讽刺张自忠的不战而降。

张自忠不愿意真的成为汉奸，他躲进了东交民巷德国人的医院里，一个人躺在病床上，怔怔地看着病房的天花板，想着自己小时候读过的《三国演义》《说岳英雄传》，想着关羽、岳飞的忠肝义胆，又想到自己的现状，最后只能以手掩面，遮盖住那无人理解的痛苦。

镜头二

临沂·浴血奋战正英名

1938 年 3 月，日军精锐第 5 师团直扑战略要地临沂，张自忠奉命防守，他在沂河西岸布下了阵地，静待来犯之敌。看着远方飞扬的烟尘，张自忠不禁想起自己这半年来的“汉奸”生涯。

他知道，第二十九军的将士知道自己不是汉奸，蒋介石也知道自己不是汉奸，但是愤怒的国民不知道，他们听不下任何解释，最后南京政府也只能对张自忠革职查办。张自忠没有去辩解，因为他知道在这种舆情中语言是多么苍白无力，他只能等待，等待一个能够洗刷自己身上污名的机会。

1937 年 12 月，日军攻陷南京，震惊中外的南京大屠杀开始了，舆情的怒火瞬间转移到了南京。张自忠自己也陷入了自责之中，因为如果不是第二十九军的不抵抗，日军不可能这么快就攻陷南京。他要再度入伍，他要为南京惨死的同胞报仇雪恨，于是在宋哲元与张自忠旧部将领的联名请求下，蒋介石批准张自忠代理第五十九军军长。当时张自忠热泪盈眶地说："蒙各位成全，恩同再造，我张某有生之年，当以热血生命以报国家，以报知遇。"

而现在，机会终于来了，远方的烟尘散去，日军第 5 师团的一个旅团出现在张自忠眼前。让张自忠有些疑惑的是，敌人没有着急进攻，而是在远处静静地等待。没过多久，天空中响起了轰鸣，几十架敌机掠过张自忠部的阵地，然后发起了攻击。几轮轰炸之后，日军陆军也终于开始了行动，他们凭借着坦克与装甲车的掩护，对阵地发起猛烈的攻击。

在敌人强大的火力下，第五十九军伤亡惨重，但是他们没有退缩，他们在张自忠的指挥下逐渐稳住了阵脚，并且发起反击。我军装备是远不如敌军，但是我军的战斗意志远超敌军，他们冲了上去，与敌人开始肉搏，打退了敌军一波又一波的进攻。

第五十九军在临沂血战七天七夜，终于凭借着顽强的意志击退了号称"钢军"的日军第 5 师团。这一战，日本人记住了张自忠的名字，这一战，也让张自忠摘下了"汉奸"的帽子，他用自己的行动让国民都看到了，张自忠不是汉奸。

镜头三

宜城 · 为国尽忠力战死

1940 年 5 月 16 日拂晓，孤立无援的张自忠部被日军团团包围在南瓜店，日军第 39 师团长村上启作迅速调集五六千人的军队和大批飞机、火炮，向张自忠部轰炸、围剿。下午 1 时许，日军调集的火炮就位，开始了地毯式轰炸，副官贾玉彬、卫士长史全胜不幸被炸身亡，张自忠右腿也被炸伤。

战至下午 4 时，部队伤亡殆尽，仅剩卫士、副官数人，张自忠已负伤六处，他自知不救，对卫士们说："你们走吧，我自有办法。"大家执意不从，张自忠拔出腰间短剑欲自裁，卫士大惊，急忙将他死死抱住。弥留之际，张自忠躺在地上，平静地说："我力战而死，自问对国家，对民族，对长官可告无愧，良心平安！"

在日军战史资料中，我们找到了这场战斗的最后情节："第 4 分队的藤冈一等兵，端起刺刀向敌方最高指挥官模样的高大身材军官冲去，此人从血泊中猛然站起，眼睛死死盯住藤冈。当冲到距这个高大身材军官只有不到三米时，藤冈一等兵从他射来的眼光中，感到一种说不出的威严，竟不由自主地愣在了原地。这时，背后响起了枪声，第 3 中队长堂野君射出了一颗子弹，命中了这个军官的头部，他的脸上微微地出现了难受的表情。与此同时，藤冈一等兵像是被枪声惊醒，也狠起心来，倾全身之力，举起刀，向高大的身躯深深刺去。在这一刺之下，这个高大的身躯再也支持不住，像山体倒塌似的，轰然倒地。”

时间仿佛蓦然停止，历史留下一个静穆的场面，殷红的热血交织着迷蒙细雨，构成一个永恒的瞬间——1940 年 5 月 16 日下午 4 时，张自忠，一代抗日名将，以身殉国，时年四十九岁。

这场战役就是 1940 年 5 月 1 日开始的枣宜会战。张自忠时任第五战区右翼集团军总司令，同时也是第三十三集团军的总司令。“为国家民族死之决心，海不清，石不烂，决不半点改变。”这句话不仅是张自忠战前对将士的嘱咐，更是对自己为国捐躯意志的一种强化。

战役开始之后，右翼集团军就陷入了被动，5 月 7 日拂晓前，张自忠在星月无光的夜色中，带领手枪营和第七十四师，从宜城窑湾渡口渡过襄河，奔赴河东战场。河东将士听闻张司令亲临前线，士气大振。在张自忠的指挥下，右翼集团军经过几天的奋战，几乎将日军的后路全部截断。张自忠部的活跃自然引起了日军的关注，日军派遣了两个师团围剿张自忠部，这才有了南瓜店的血战。

在这场战斗中，张自忠有数次脱身的机会，但是他没有走。曾经的不战而逃让他背负了数年的骂名，尽管前面的战斗已经洗刷了他身上背负的汉奸骂名，但他仍然没有选择逃走。

他是读关羽、岳飞长大的，明白军人最大的荣耀便是为国战死沙场。他给自己的副司令写下了遗书，叮嘱他要负责起军队的事务，他下定决心要取义成仁。他知道，这个国家现在不仅需要他，更需要更多的人成为他，他需要成为国人心中的榜样，他需要唤醒无数国人为国而战。

镜头四

重庆·将军精神永不息

张自忠阵亡的消息传到重庆，国民政府为之震惊，举国为之同悲。蒋介石痛惜之余，严令第五战区不惜任何代价夺回张自忠遗骸，右翼集团军随即与日军展开争尸战斗，经过两昼夜激战，终于在方家集夺回遗骸。第五战区将士为张自忠重新入殓，然后运送至重庆，灵柩经过沿途各县时，各界军政人员和群众纷纷列阵迎送。当运送灵柩的船到达重庆朝天门码头后，蒋介石、冯玉祥等国民党军政要员亲自到码头迎祭。

1940年5月28日，国民政府为张自忠举行了盛大的国葬，全国各地也纷纷举行了追悼和公祭仪式。同时，国共两党要人和各界人士纷纷为张自忠题诗、作词、写挽联。毛泽东赠词："尽忠报国！"朱德、彭德怀题词："一战捷临沂，再战捷随枣，伟哉将军精神不死；打到鸭绿江，建设新中国，责在朝野团结图存！"

张自忠成了人们口中的英雄，国共两党也完成了张自忠的遗愿。在张自忠牺牲之后，国共两党共同发出呼吁：肩负起张总司令的未竟之志，将抗战进行到底，中华民族需要每一个人成为英雄。

一个张自忠倒下了，千万个后继者站了起来，他们在张将军的感召下，勇敢地继承了他的事业，直至抗战胜利。

品读有感

张自忠的死是中国抗日战争乃至世界反法西斯战争的一个重大事件。他的死绝非“仓促成仁”或遭遇意外而亡，而是怀着“我死则国生”之壮志，背负着舆论误解的冤屈，抱定为国家尽忠的久决之心，力战不退，以身殉国，这是中国优秀传统文化和军人武德的最高体现。

扫描收听本章音频（张自忠篇）

感悟

感悟

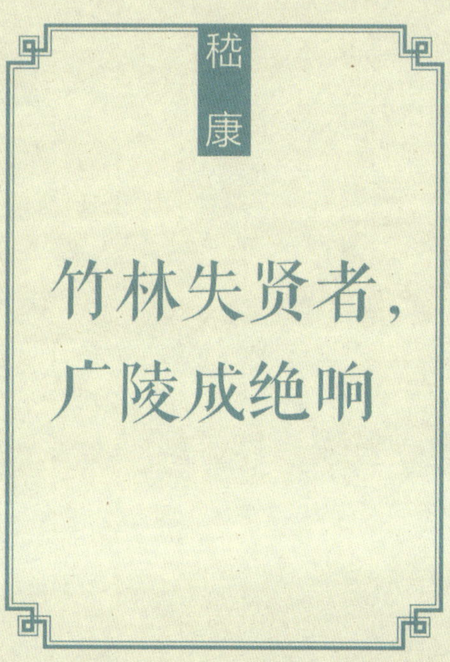

嵇康

竹林失贤者，广陵成绝响

写信人：嵇康

他是风雅名士，更是一个狂放不羁的反抗者，他与志同道合的好友被世人称为“竹林七贤”。他是嵇康，一个被诗仙李白称为“玉山倒”的美男子。嵇康生不逢时，在三国时期曹魏黑暗政治背景下，他选择了隐居不仕，然而嵇康的率性而为还是惹怒了掌权的司马氏，面对险境，他拒绝了好友山涛的庇护，只是将儿子托付给山涛，最后带着一身傲骨走进刑场。

收信人：山涛

从隐居江湖到高居庙堂，“竹林七贤”之一的山涛最终选择了出仕。他的出仕不是为了自己，而是为了天下黎民百姓能够安居乐业，是为了庇护自己最好的朋友。他在庙堂之上的治理取得了成功，备受百姓、士人的仰慕推崇；但在江湖友情之中却收获了苦果，他的挚友嵇康为了不牵连他，不接受他的庇护，甚至还写信与其绝交。最终嵇康死在了当权者的手中，满心愧疚的山涛能做的只有悉心将嵇康遗孤抚养成人，以慰好友的在天之灵。

原文节选

……

阮嗣宗口不论人过，吾每师之而未能及；至性过人，与物无伤，唯饮酒过差耳。至为礼法之士所绳，疾之如仇，幸赖大将军保持之耳。吾不如嗣宗之资，而有慢弛之阙；又不识人情，暗于机宜；无万石之慎，而有好尽之累。

久与事接，疵衅日兴，虽欲无患，其可得乎？又人伦有礼，朝廷有法，自惟至熟，有必不堪者七，甚不可者二：卧喜晚起，而当关呼之不置，一不堪也。抱琴行吟，弋钓草野，而吏卒守之，不得妄动，二不堪也。危坐一时，痹不得摇，性复多虱，把搔无已，而当裹以章服，揖拜上官，三不堪也。素不便书，又不喜作书，而人间多事，堆案盈机，不相酬答，则犯教伤义，欲自勉强，则不能久，四不堪也。不喜吊丧，而人道以此为重，已为未见恕者所怨，至欲见中伤者；虽瞿然自责，然性不可化，欲降心顺俗，则诡故不情，亦终不能获无咎无誉如此，五不堪也。不喜俗人，而当与之共事，或宾客盈坐，鸣声聒耳，嚣尘臭处，千变百伎，在人目前，六不堪也。心不耐烦，而官事鞅掌，机务缠其心，世故烦其虑，七不堪也。又每非汤、武而薄周、孔，在人间不止，此事会显，世教所不容，此甚不可一也。

刚肠疾恶，轻肆直言，遇事便发，此甚不可二也。

以促中小心之性，统此九患，不有外难，当有内病，宁可久处人间邪？又闻道士遗言，饵术黄精，令人久寿，意甚信之；游山泽，观鱼鸟，心甚乐之；一行作吏，此事便废，安能舍其所乐而从其所惧哉！

……

嵇康白

译文

……

阮籍从来不议论他人的过失，我常想学习他的这点，却没能做到；他性格淳厚超过他人，待人接物也没有伤害之心，只有饮酒过度是他的缺点。也因此遭受到那些维护礼法的人的攻击，这些人像对待仇人一样憎恨他，幸亏阮籍有大将军的庇护才能幸免于难。我没有阮籍那般天资聪慧，却有傲慢懒散的缺点；又不懂得人情世故，不能随机应变；我没有万石君那样的谨慎，而有直言不讳的毛病。

倘若长久与人共事，得罪人的事会经常发生，虽然想要躲避灾祸，又怎么能够做到呢？人与人之间相处有一定的礼法，国家也有一定的法度。我已经考虑了很久，但有七件事情我是不能忍受的，还有两件事情使我不能做官：

我喜欢睡懒觉，但做官以后，就会有人叫我早起，这是第一件我不能忍受的事情；

我喜欢抱着琴一边走一边吟唱，或者到郊外去射鸟钓鱼，做官以后，吏卒就要经常跟在我身边，我就不能随意行动，这是第二件我不能忍受的事情；

做官以后，就要端端正正地坐着办公，腿脚麻木也不能自由活动，我身上又有很多虱子，一直要去搔痒。还要穿好官服，迎拜上级官员，这是第三件我不能忍受的事情；

我向来不善于写东西，也不喜欢写东西，但做官以后，要处理很多的事务，公文信札堆满案桌，如果不去应酬，就触犯了礼法，倘使勉强应酬，又不能持久，这是第四件我不能忍受的事情；

我不喜欢出去吊丧，但世俗对这件事情却非常重视，我的这种行为已经被人所怨恨，甚至还有人想借此中伤我，虽然我自己也意识到这一点而责备自己，但是本性还是不能改变，我也想过抑制住自己的本性而随顺世俗，但违背本性又不是我所愿意的，而且最后也无法做到像现在这样既不遭到罪责也得不到称赞，这是第五件我不能忍受的事情；

我不喜欢俗人，但做官以后，就要跟他们在一起办事，或者宾客满座，满耳嘈杂喧闹的声音，处在吵吵闹闹的污浊环境中，各种千奇百怪的花招伎俩，整天可以看到，这是第六件我不能忍受的事情；

我生来就是不耐烦的性格，但做官以后必然公事繁忙，政务整天萦绕在心上，世俗的交往也要花费很多精力，这是第七件我不能忍受的事情。

我常常要说关于成汤和周武王的不是，又喜欢说轻视周公、孔子的话，如果做官以后不停止这种议论，这件事情总有一天会张扬出去，为众人所知，必为世俗礼教所不容，这是我不可能做官的第一个原因；

我的性格倔强，憎恨坏人坏事，说话轻率放肆，直言不讳，碰到看不惯的事情就要发脾气，这是我不可能做官的第二个原因。

以我这种心胸狭隘的性格，再加上上面所说的九种毛病，即使没有外来的灾祸，自身也一定会产生病痛，哪里还能长久地活在人世间呢？又听道士说，服食苍术和黄精，可以使人长寿，我的心里非常相信这个说法；我又喜欢游山玩水，观赏大自然的鱼鸟，对这种生活心里感到很高兴；一旦做官以后，就失去了这种生活乐趣，我怎么能够丢掉自己乐意做的事情而去做那种自己害怕做的事情呢？

……

稽康谨启

导读

采选关键词：雅士；友情；自由；绝唱

要在怎样无奈的情形下才会给最要好、最信任的朋友写下绝交书？写信的人用心良苦，收信的人是否能心领神会呢？这封信的内容，与其说是嵇康自贬的“七不堪，二不可”，不如说是用另一种反面的方式向我们呈现了一个风雅狂士的精神世界；与其说是向朋友提出绝交，不如说是解剖俗世礼教之下的生存方式。

魏晋时期，最为人津津乐道的文人天团当属“竹林七贤”，他们分别是嵇康、阮籍、山涛、向秀、刘伶、王戎、阮咸七人，因常在山阳县竹林之中喝酒纵歌，肆意酣畅，世谓“七贤”，后与地名竹林合称，因此被称为“竹林七贤”。而这七人中，名气最大的当属留下广陵绝响的嵇康。

嵇康（224—263），字叔夜，谯国铚县（今安徽省濉溪县）人。三国时期曹魏思想家、音乐家、文学家。嵇康为曹魏宗室的女婿，娶曹操曾孙女长乐亭主为妻，后因政治高压，隐居不仕。《与山巨源绝交书》便是嵇康在隐居时期所写，他的身份使他不得不站在当权者司马氏的对立面，而他的好友山涛却是司马氏的重臣，为了向司马氏宣告自己的立场，为了不影响好友的仕途，他毅然写下了这封名传千古的绝交书。

时间回溯

山阳·七贤之名天下传

山阳城外，生长着一片郁郁苍苍的竹林，远远望去，好似一颗巨大的碧玉石镶嵌在这片土地上。一个看着年仅弱冠的年轻人，驾着牛车，慢慢悠悠向着竹林深处行去。他叫王戎，来到此地是为了赴朋友之约，他的六位朋友前几日便邀请他来此游玩，这会儿他已经迟到了。

这时，他突然听到林中传来一阵琴声，于是急忙向着林中奔去，他已经听出了那琴韵是他的好友嵇康所弹。不一会儿，他便在林中看到了他的那六位朋友，有人喝酒、有人弹琴、有人纵歌，可谓是肆意酣畅。他的朋友们也看到了王戎，急忙招呼他一起加入这场狂欢。

他们七人被世人称为“竹林七贤”，虽然他们年龄不同，爱好不同，甚至就连志向也各不相同，但是他们有一个共同点，那就是“弃经典而尚老庄，蔑礼法而崇放达”。因此，七人成了至交好友。

“竹林七贤”中，最为年长的是山涛，他交友广泛，他们多是由山涛介绍才互相认识的。但是等到“竹林七贤”成立之后，队伍中最出名的不是山涛，而是爱好弹琴的嵇康。

嵇康小时候便十分聪颖，博览群书，学习各种技艺。长大之后，琴棋书画无所不通，尤其喜欢读道家著作，研习老庄学说。而且他身材高大，容止出众，也曾一度是无数闺中少女芳心暗许的“男神”。不过嵇康最终迎娶了沛王曹林之女长乐亭主为妻，这让无数少女为之神伤。

嵇康和长乐亭主育有一儿一女，婚后生活也算是幸福美满，然而好景不长，朝堂政治的变化开始影响他美满的生活。曹魏宗亲势弱，朝政大权被司马氏掌控，而嵇康因为长乐亭主的关系，自然是被列入曹魏宗亲。司马氏想要分化曹魏宗亲的影响力，便拼命拉拢嵇康。然而嵇康性格旷达，怎会受政治的约束？于是他选择了隐居。

河东·隐居深山访神仙

河东郡，位于现在的山西夏县以北，这里毗邻太行山脉，自秦汉以来，便有无数修道之人隐居在河东群山之中，他们在山中餐风饮露，感悟天道，只为有朝一日得道成仙。

这一天，河东迎来了一位客人。他从山阳驾牛车而来，手执黎杖，意欲踏遍河东群山，找寻隐居于河东的仙人。这人便是嵇康，他知道司马氏不可能轻易放过他，但是他身为曹魏宗亲，怎能以身侍敌？所以来到河东，只是借寻仙之名躲避司马氏的征辟。

他不进河东郡，而是带着几位侍从直接踏入群山之中。爬到半山腰，嵇康已经感到力竭，于是找到一块巨石坐了下来。看着山中美丽的景色,嵇康想起自己年轻的时候曾经爬山采药，结果被山中美景吸引，恍惚之间忘了回家。就在嵇康陶醉在美景中时，一位樵夫上山砍柴，看到了高大俊朗的嵇康，便误以为他是仙人，于是纳头就拜。“自己来河东寻仙，难道要寻的仙便是自己？”想到这儿，嵇康不禁笑了起来。

其实，嵇康知道自己没什么仙缘，早年他曾与隐士王烈一同去山中找寻仙踪。王烈在山中找到了石头的精髓饴糖，自己吃了一半，余下一半给嵇康，结果嵇康接过来之后发现那精髓饴糖已经凝结成了石头。之后王烈又在山中发现了一个石室，里面有一卷白绢写的书，于是急忙招呼嵇康前去观看，结果等到嵇康赶到，书便消失不见了。王烈感叹道：“嵇康志趣不同寻常却总是怀才不遇，这是命啊！”

休息了一会儿，嵇康起身继续向着山顶前进。他现在登山自然不是为了什么仙缘，只是要躲避司马氏的征辟而已。这河东的群山应该够他消磨三五年，到时候司马氏应该就把他忘了吧？

嵇康的这个行为看似低调，实则非常危险。毕竟“溥天之下，莫非王土；率土之滨，莫非王臣”。嵇康这样做便等于宣布：“我对你司马氏不认可，不买账，我不愿意臣服于你，更不愿为你所用。”当年伯夷、叔齐是“不食周粟”，现在嵇康是“不为晋臣”。然而司马氏是什么样的人？是奉行“顺我者昌，逆我者亡”的独裁者。所以，此时的嵇康虽然不是朝廷通缉犯，至少也已经上了司马昭的黑名单。

柳林·郊外打铁戏钟会

在洛阳郊外，有一处叫柳林的地方，在今天的瀍河东岸马坡村一带。嵇康在这里搭建了一个铁匠铺，并引来洛河水，筑了一个小水池淬火。嵇康在这里与好友向秀一起锻铁，以排解心中苦闷。

一天，嵇康与向秀正在打铁，司马氏的重臣钟会突然前来拜访。原来这钟会也是嵇康的崇拜者，之前他曾将自己的书稿拿给嵇康评价，如今听闻嵇康居住在这里，便前来拜访。嵇康、向秀听到外面人喊马嘶，并未停下手中的活计，依旧哐当哐当继续打铁，就像外面的世界都不存在一样，半天也不说一句话。他肯定看过钟会的书稿，却不做任何回应，连起码的寒暄都没有。仿佛在他的眼里，世界上压根儿就没有钟会这个人。

钟会带着一帮人直挺挺地站在那儿，手足无措，尴尬不已。那哐当哐当的打铁声，就像打在钟会脸上的耳光一样，分外响亮和刺耳。时间一分一秒过去，钟会一伙人实在没趣了，只好掉转马头，准备离开。

这时，打铁声戛然而止，嵇康转过身来，朗声问道："何所闻而来，何所见而去？"语气充满着讥讽意味。若是换了旁人，肯定被噎得半天说不出话，但是在历史上素以机敏著称的钟会当即回道："闻所闻而来，见所见而去！"意思是说，今天你给我的羞辱我记住了，将来定会给你好看。

俗话说：宁得罪君子，不得罪小人。钟会就是一个标准的小人，他虽然才华出众，但见利忘义，好为事端，也正是因为如此，嵇康才不喜欢钟会。从此，嵇康与钟会便结下了梁子，这也为日后嵇康的死埋下了伏笔。

洛阳·拒出仕怒写绝交书

尽管嵇康已经用行动表明自己不愿为权贵效力，但当权的大将军司马昭并没有善罢甘休,而且多次欲礼聘他为幕府属官，并派嵇康的朋友山涛前去规劝。山涛为了保护他，不断向嵇康发出做官邀请，因为只要嵇康答应进入朝堂就安全了。可是这也意味着向司马氏妥协，所以嵇康毫不犹豫地拒绝了，并写下了流传至今的《与山巨源绝交书》。

这封信与其说是写给山涛，不如说是写给司马昭。他是要借此机会向司马氏宣战，告诉司马昭，他绝不会向他的暴政低头，绝不会做他的官，他要终生保持自己的独立和自由。同时，也借这封信和山涛划清界限，以免山涛因为自己遭受无妄之灾。

从信中我们可以看出，嵇康一直在自贬，为自己列出了“七不堪，二不可”，但是笔锋之中处处充满傲骨，他的自贬是为了贬人。也正是因为这封信，使司马昭怀恨在心，为嵇康招来了之后的杀身之祸。

洛阳·广陵一曲成绝响

公元263年，洛阳城中，嵇康因为朋友的家事被牵连入狱，本不是什么大事，却让司马昭有了名正言顺处死他的理由。此时的嵇康并不是寂寂无名之辈，三千太学学子跪在王宫前，集体为嵇康请愿，他们希望朝廷赦免嵇康，并且让嵇康去太学教书。司马昭自然没有同意，太学生们又要自愿下狱去陪嵇康，这让司马昭倍感压力，心中也有所动摇，嵇康的影响力如此之大，如果自己执意杀了嵇康，必会受到世人的非议。

关键时刻，钟会站了出来，这条潜伏了数年的毒蛇终于露出了自己的毒牙。他向司马昭阐明利害，指出嵇康是曹魏宗亲，现在拥有这么大的影响力，一旦他要带头反对司马氏，那司马昭将会面临更大的压力。司马昭害怕了，于是他传下命令，要杀掉嵇康。

临刑前，嵇康神色不变，如同平常一般。他看了看太阳的影子，知道离行刑尚有一段时间，于是向兄长要来平时最爱用的琴，在刑场上抚了一曲千古绝响《广陵散》。曲毕，嵇康把琴放下，叹息道："从前袁孝尼要跟我学习《广陵散》，我每每吝惜而固守不教授他，现在《广陵散》就要失传了。”说完，从容就戮。

结局·嵇绍不孤七贤散

嵇康在被杀之前，没有把自己的孩子托付给自己的哥哥，也没有托付给其他的好朋友，而是把自己年仅十岁的儿子嵇绍托付给了收到自己绝交书的山涛，并对儿子说：“巨源在，汝不孤矣！”意思是，有你山伯伯在，你不会成为孤儿的！听到这句临终遗言，再读这封绝交信，你一定更能理解这封并不普通的书信背后沉甸甸的友情和两人同样光风霁月的品行。山涛不愧是嵇康最信赖的朋友，他没有辜负嵇康的重托，一直把嵇绍养大成才，使这个孤弱的孩子，即使失去了父亲，也能得到他慈父般的关怀与教导，而不再是那么无依无靠，这也是成语“嵇绍不孤”的由来。

嵇康死后，“竹林七贤”其他几人也陆续迎来了自己的结局。阮籍被司马昭强令写下《劝进表》，两月之后郁郁而终。向秀被逼出仕，却做官不做事，选择了消极无为的态度。阮咸被贬，无疾而终。山涛入朝为官，治理有为，最后清贫而终。刘伶同样也受到朝廷征辟，但是他脱衣裸奔，装疯以作推辞，最后老死家中。年龄最小的王戎于公元305年因病去世。“竹林七贤”从此成为传说。

品读有感

“魏晋之际，天下多故，名士少有全者。”可也就是在这个乱世中，文人以自己特殊的方式表达着一个独立生命的极致可能。高平陵之变后，司马氏排除异己，何晏、夏侯玄等名士被杀，“竹林七贤”在这种政治高压下也只能逃避现实、麻醉自我，他们的避世是被迫的，也是一个自然生命的必然选择。他们超然物外，不附权贵，追求自由，与趋炎附势的世人形成鲜明对比，但这不代表他们是完全脱离人世、愤世嫉俗的。从嵇康的信中，我们看到了决心，看到了高贵，也看到了决绝，但我们更应该看到写信背后维护友人的一片冰心。与司马昭的对话与其说是表明态度，不如说是为了让朋友交差，为了不连累他人，这样的魏晋名士是温暖的，是有人间烟火气的，甚至是可爱的。虽然嵇康冷静从容地结束了自己的生命，但在这封信之外，他才是那个热血的人。

扫描收听本章音频（嵇康篇）

感悟

感悟

苏轼

回首向来萧瑟处，归去，也无风雨也无晴

写信人：苏轼

苏轼才华横溢，千百年来，令无数人折服。他既有“大江东去，浪淘尽”的豪迈，也有“千里孤坟，无处话凄凉”的深情；既有“空庖煮寒菜，破灶烧湿苇”的悲苦，也有“归去，也无风雨也无晴”的洒脱。除此之外，他的生活同样令无数人艳羡，他不仅拥有心意相通的娇妻爱妾，更有一个知他、敬他，陪他一同学习、一同成长的弟弟——苏辙。

收信人：苏辙

提到苏辙，大多数人脑海中浮现的第一个标签便是“苏轼的弟弟”。在世人的眼中，与苏轼做兄弟是苏辙的幸运，但这也是他最大的不幸。苏辙无论在文采方面还是在政治方面都可称得上是人中翘楚，但和苏轼比起来，又显得那么黯然失色，宛如萤烛之光与日月之辉。然而他的心中却无怨无恨，在兄长身陷困境的时候全力援助，这一切都是因为他俩既是兄弟，更是知音。

惠州市井寥落，然犹日杀一羊，不敢与仕者争，买时，嘱屠者买其脊骨耳。骨间亦有微肉，熟煮热漉出，不乘热出，则抱水不干。渍酒中，点薄盐炙微燋食之。终日抉剔，得铢两于肯綮之间，意甚喜之。如食蟹螯，率数日辄一食，甚觉有补。子由三年食堂庖，所食刍豢，没齿而不得骨，岂复知此味乎？戏书此纸遗之，虽戏语，实可施用也。然此说行，则众狗不悦矣。

译文

惠州的市场萧条冷清，但是市场上每天还是能杀一只羊，我不敢和那些做高官的争着买肉，只能叮嘱那杀羊的屠夫我要买他的羊脊骨。骨头之间也有少量的肉，把这羊骨头煮熟趁热滤干捞出，如果不趁热捞出来，就不容易滤干。泡在酒中，蘸少许盐，然后烤到稍微发焦再吃。在这些骨头中挑剔一天，才能在筋骨结合之处，剔得一点点肉，这便能让我非常高兴。就如同吃螃蟹的钳子一般，通常几天就吃一次，觉得很是滋补。子由你这些年都是吃富贵大户的厨房做的菜，吃的都是牛羊猪狗的肉，一口咬下去都吃不到骨头，怎么能知道这种味道呢？将这些开玩笑的话写在信上给你，虽然是玩笑，但是这个吃骨头的方法是可以用的，虽然方法可以用，但是狗会因吃不到骨头而不开心了。

导读

采选关键词：人生起伏；乐观态度；兄弟情义；同进同退

“人生到处知何似？应似飞鸿踏雪泥。”苏轼跌宕起伏的一生，如同他的诗句一般在历史的长河中留下了深深的印记。

他不仅是宋境家喻户晓的名人，而且在当时的辽国甚至朝鲜、日本、东南亚等也拥有无数仰慕者，就连交趾国的王子，也为了追随苏轼学习诗词歌赋，不远万里来到中原，侍奉其左右。

苏轼（1037—1101），字子瞻，又字和仲，号铁冠道人、东坡居士，世称苏东坡、苏仙，眉州眉山（今属四川省眉山市）人。公元1080年，因“乌台诗案”被贬为黄州团练副使。宋哲宗即位后，曾任翰林学士、侍读学士、礼部尚书等职，晚年因新党执政被贬惠州、儋州。宋徽宗时获大赦北还，途中于常州病逝。

苏轼的一生中，最亲近的“粉丝”当属他的弟弟苏辙，《与子由弟》便是苏轼被贬谪至惠州时写给弟弟苏辙的家书。书信中虽有诉说惠州生活之苦，但更多的是洋溢着一种乐观之情，不仅带着“试问岭南应不好，却道，此心安处是吾乡”的潇洒脱俗，更蕴含着兄弟二人的深厚感情。

时间回溯

开封·东华门外　唱名二苏

公元1057年，在北宋的都城开封城中，无数人聚集在东华门前。他们有士、有农、有工、有商、有医、有卜，甚至连和尚道士也都聚在此地，推推嚷嚷，喧闹异常。之所以有眼前这一盛况，是因为今日乃科举开榜之日。随着远方一道铜锣声响起，场面顿时安静了下来，四五个胥吏将皇榜张贴在东华门前，一个官员打开手中的圣旨，开始宣读此次科举上榜者。

周围的士子皆是屏气凝神，唯恐漏听了自己的名字。宣读圣旨的官员每念出一个名字，人群中便会爆发一阵欢呼，倏忽之间便再度恢复沉寂。不一会儿，那官员便念出了两个将会震古烁今的名字："眉州苏轼苏子瞻""眉州苏辙苏子由"。

这是开封城百姓第一次听到这两个名字，他们不会想到，这两个名字在不久的将来会响彻整个开封城。勾栏瓦舍是开封城中消息最为灵通的地方，放榜之后，苏家两兄弟的大名便开始频繁出现在这些地方。尤其是苏轼，就连大文豪欧阳修都对其称赞不已。

原来，欧阳修是这一届文试的主考官，他在阅卷的时候，被苏轼写的文章深深吸引，便想将这篇文章评为第一。但是转念一想：这样出色的文章，除了自己门下弟子曾巩之外，天下恐怕不会有第二个人能写得出来。如果把曾巩取为第一，岂不是有徇私舞弊的嫌疑？于是欧阳修决定忍痛割爱，使此文屈居第二。等到揭开糊名，欧阳修才发现，此篇文章的作者竟然不是曾巩，而是来自蜀地的苏轼。

由此欧阳修心中很是愧疚，加之十分欣赏苏轼的才气，于是经常与人夸赞苏轼。欧阳修可是当时的文坛领袖，在政坛上更是居于高位，通过欧阳修的介绍，苏轼先后拜见了宰相文彦博、富弼，枢密使韩琦，这些人也被苏轼的才华所折服，纷纷视其为上宾。

与苏轼同时进入这些政坛高官眼中的自然还有苏辙，两人的才华甚至得到了当时的皇帝宋仁宗的赞赏，将之视为未来的储备宰相。兄弟俩自幼便志趣相投，一同学习，一同成长，虽然苏辙天赋稍逊一筹，但在苏轼这个天才兄长的影响下，自当是奋发图强。最终两兄弟以才华征服了京城这些挑剔的文豪高官。

正当苏家两兄弟如同光彩熠熠的明星照亮北宋文坛上空之时，意想不到的噩耗从天而降。母亲程氏于四月初八病故，苏轼、苏辙两兄弟随父回乡丁忧，大好仕途就此暂时中断。

黄州·寒食苦雨　黄州萧瑟

公元 1082 年三月，被贬谪为黄州团练副使的苏轼迎来了一年一度的寒食节。看着窗外淅淅沥沥的寒雨，苏轼不禁想起自己这些年来的悲惨遭遇，挥毫写下了有着“天下第三行书”之称的《黄州寒食帖》。

自我来黄州，已过三寒食。年年欲惜春，春去不容惜。
今年又苦雨，两月秋萧瑟。卧闻海棠花，泥污燕支雪。
暗中偷负去，夜半真有力，何殊病少年，病起头已白。
春江欲入户，雨势来不已。小屋如渔舟，蒙蒙水云里。
空庖煮寒菜，破灶烧湿苇。那知是寒食，但见乌衔纸。
君门深九重，坟墓在万里。也拟哭途穷，死灰吹不起。

回顾这几年，苏轼不仅是仕途不顺，生活中也是屡遭不幸，发妻王弗与父亲苏洵先后去世，令他悲痛万分。公元 1068 年，为父守孝三年后苏轼重返朝堂，却正值“拗相公”王安石开展熙宁变法。虽然这位大名鼎鼎的“拗相公”是想要发展生产、富民强兵，却因为许多政策不合时宜，给百姓利益造成了巨大的损害。而苏轼也因为反对新法，触怒了王安石，最后在新党的压力之下，于公元 1071 年自请出京任职。

公元1079年四月，苏轼被调往湖州，任湖州知州。在他向朝廷例行上书的《湖州谢表》中，加入了一些带有个人色彩的话语，结果被新党借机诬陷，称其文辞之中透露着对皇帝的不忠，千方百计要置苏轼于死地。这就是历史上著名的“乌台诗案”。

七月二十八日，苏轼被御史台逮捕，押解回京。苏辙得知这一消息之后急忙向朝廷上书，希望可以拿自己的官职来免除兄长的死罪，但是被朝廷拒绝。此时已经退休的王安石虽然曾想过新法会将朝堂上的官员分为新旧两派，但没想到两派之间的斗争会发展到不择手段、不死不休的程度。也许是出于惜才的想法，曾经与苏轼不和的王安石也上书劝谏皇帝：“安有圣世而杀才士乎？”在大家的努力下，再加之宋太祖赵匡胤曾定下不杀士大夫的国策，苏轼才算逃过一劫。

然而，死罪可免，活罪难逃，苏轼最终因“乌台诗案”被发配到黄州，苏辙也受到兄长牵连，被贬谪到筠州，五年之内不得升迁。

汝州·起起落落　兄弟离别

公元1094年闰四月，年老体弱的苏轼来到汝州府衙，找寻自己的弟弟苏辙。岁月不饶人，曾经名动京华的两位士子都成了年过半百的老人。现在的两人皆是被贬谪状态，苏辙从原来的龙图阁学士、门下侍郎被贬为汝州知州。苏轼更为凄惨，直接被贬至千里之外的惠州。

苏轼此次前来的目的是向弟弟寻求经济上的帮助，毕竟他的弟弟曾经官至宰相，家底比这些年来起起落落的苏轼殷实多了。而且苏轼平时不善积累钱财，“禄赐所得，随手耗尽”，所以只得来这里寻求帮助。苏辙不是吝啬的人，他也知道这些年来他的老哥哥生活不易，于是拿出七千缗铜钱作为苏轼的安家费。

对于自己的遭遇，兄弟二人感慨万千，不禁回想起九年前，那时宋神宗去世，年轻的宋哲宗继位，高太后垂帘听政。这位高太后不仅执政才能优秀，而且还是苏轼的粉丝，所以在她执政期间便将苏轼两兄弟召回朝廷重用。那是苏家两兄弟仕途中最通达的几年，苏辙也是在那时被任命为门下侍郎的。宋朝时期的门下侍郎相当于宰相，可以说已经是位极人臣了。

九年匆匆而过，高太后去世，变法派大臣重返朝堂。他们已经完全抛弃了王安石新法的革新精神和具体政策，而是把党同伐异当作主要任务。他们要发泄这些年来被排挤在外的怨愤，于是将当时在朝任职的三十多人全部贬到岭南等边远地区，位高权重的苏轼兄弟二人自然是首当其冲。

苏轼被贬至惠州，苏辙被贬至汝州，这对生死相扶的兄弟迎来了人生的低谷。苏轼不善于积累财富，即使身居高位也没能存下银钱，所以当他被贬谪的时候生活状况颇为窘迫。所幸他有一个资产较为殷实的弟弟，不然恐怕要饿死街头了。两人皆是罪官身份，不便久聚，所以苏轼在汝州仅停留了三四天即匆匆而别。

惠州 · 岭南风土　心安此乡

当时的苏轼，已经被贬谪为宁远军节度副使，而且只有虚职，并无实权，在惠州整日无所事事。但苏轼偏偏又是一个闲不住的人，于是他开始琢磨吃，虽然惠州有荔枝这等美味，但作为一个顶级吃货，肉才是必不可少的美食。

偏偏惠州在当时只是个穷乡僻壤，据说那里一下雨便可看见白蚁满屋爬，如果换了其他人，估计早就天天以泪洗面了。而苏轼经历了这些年的沉浮,早已不把这点小风小浪放在眼里。

惠州虽然穷苦，市场上还是有屠夫每天杀一只羊卖，这让苏轼异常开心，因为这就意味着自己能吃到肉了。但惠州这个地方，还是有不少显贵人家，他们每天要争着买羊肉，而苏轼这个被贬的小官哪里有钱去和他们争抢，于是他只能退而求其次，叮嘱屠夫将剩下的羊脊骨留下来卖给他。

不得不说苏轼真是一个会吃懂吃的人，他将买来的羊脊骨放在锅里煮熟，再趁热漉出，用米酒浸过，撒点薄盐，微微烤焦，然后从这些骨头里剔出肉来。这其实就是现在我们所说的“羊蝎子”，苏轼估计也是历史上第一个吃羊蝎子的人吧！

有了好东西，苏轼自然要与兄弟分享，于是便有了给苏辙的这封家信，他带着点调侃地给弟弟描述在惠州吃羊肉的趣事，实际上也是告诉弟弟，自己在这儿生活得很好，不必挂念。

在惠州，苏轼的身边很快围绕了一群地位悬殊、阶层不等、性格各异的朋友，其中有官有民，有僧有道，也有高蹈林泉的隐逸之士。政治的高压没有吓倒这些衷心仰慕和爱戴苏轼的人，他们时常陪伴苏轼游山玩水，吟诗作赋，也时常携酒送米前来拜会，给这位老人力所能及的帮助。

苏轼便如同一个被上天诅咒却又被大地祝福的人，虽然仕途不顺，被一贬再贬，却有着超凡的能力，能将地狱般的苦地改造成天堂。公元 1101 年，朝廷大赦，苏轼复任朝奉郎。北归途中，六十五岁的苏轼却在常州逝世，结束了他这不平凡的一生。

公元 1112 年，年过古稀的苏辙也走完了自己的一生，他的最后一个愿望便是葬在自己兄长坟墓的旁边。他们是兄弟也是知己，如果有来生，我想苏辙还想做苏轼的兄弟。

品读有感

千百年来，苏轼的才情使无数的中国文人为之倾倒，人们不仅欣赏他在功利世界中刚直不屈的风节，更景仰他心灵世界中洒脱飘逸的气度。而读过苏轼写给苏辙的书信，你会发现，苏轼最让人羡慕的地方除了他的才情，还有他拥有一个可以生死相依的兄弟。

细读历史，多少手足兄弟因争权夺利而起龃龉，如《七步诗》里的曹丕、曹植，玄武门事变中的李建成、李世民，时至今日，也仍有骨肉兄弟因家庭琐事而势如水火。而苏轼、苏辙两兄弟的相处方式却如一股清流，令天下兄弟艳羡。他们有着共同的爱好、共同的理想，他们同时金榜题名，甚至到了官场之中仍能保持同进同退,如此深厚的兄弟情谊怎能不令人羡慕?

扫描收听本章音频（苏轼篇）

感悟

感悟

家训篇

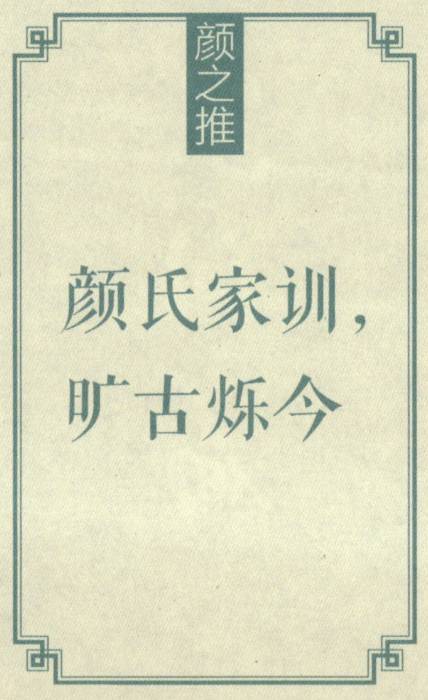

颜之推

颜氏家训，旷古烁今

立训人：颜之推

《颜氏家训》的立训人颜之推是一位传奇人物。他一生历事五朝，总共侍奉了十二代帝王，可谓创造了一项历史之最。颜之推是孔门七十二贤之首颜回的后人，他不仅传承了家传儒学，更立下家训教育后世，让颜氏一脉成为盛唐王朝中不可或缺的家族。比起他命途多舛的传奇人生，他教育后人的《颜氏家训》更是值得我们去研究学习。

传承人：颜氏子孙

在《颜氏家训》的教育下，颜之推的子孙大多成为天下闻名的大儒学者，例如他的儿子颜思鲁、孙子颜师古。此外还有两位颜氏子孙不得不提，那便是颜杲卿和颜真卿兄弟。盛唐时期，安禄山叛军围攻常山，颜杲卿父子二人死战不降，最终双双被杀。颜杲卿堂弟颜真卿血战平原，力保河东不尽失敌手。战乱结束后，颜真卿派人去寻找颜杲卿父子的尸骨，仅仅找到了堂兄的足骨与侄儿的头骨。悲痛欲绝的颜真卿挥毫写下了“天下三大行书”之一的《祭侄季明文稿》，将自己心中无限悲痛全部融入祭文之中。

原文节选

士君子之处世，贵能有益于物耳，不徒高谈虚论，左琴右书，以费人君禄位也！国之用材，大较不过六事：一则朝廷之臣，取其鉴达治体，经纶博雅；二则文史之臣，取其著述宪章，不忘前古；三则军旅之臣，取其断决有谋，强干习事；四则藩屏之臣，取其明练风俗，清白爱民；五则使命之臣，取其识变从宜，不辱君命；六则兴造之臣，取其程功节费，开略有术，此则皆勤学守行者所能办也。人性有长短，岂责具美于六涂哉？但当皆晓指趣，能守一职，便无愧耳。

译文

士君子的处世，贵在能够有益于社会万物，不能光是高谈阔论，抚琴读书，否则是在浪费君主给他的俸禄官位啊！国家使用人才，大体不外乎六个方面：一是在朝大臣，看重的是他通晓治理国家的体制纲要，见识广博而富有才干；二是文史大臣，看重的是他能撰写记录古圣先贤的遗训，不忘记历史；三是军旅大臣，看重的是他勇于决断，深谋远虑，精明强干，熟悉军旅之事；四是藩屏的臣子，看重的是他熟悉当地的风俗，廉洁爱民；五是使臣，看重的是他随机应变，不辱君命；六是兴造的大臣，看重的是他能估计工程的规模，节约花费，有开源节流的本领。这都是勤奋学习、认真工作的人才能办到的。只是人的秉性各有短长，怎可以强求这六个方面都做好呢？只要对这些都通晓大意，而做好其中的一个方面，也就问心无愧了。

导读

采选关键词：教子；治学；慕贤；勉学；忠义

颜之推（531—约597），字介，祖籍琅邪临沂（今山东临沂），公元531年出生在江陵（今湖北江陵）。颜之推家学渊源，七岁即能诵《鲁灵光殿赋》，十二岁听讲老庄之学，因不喜虚谈而回家自己研习《周礼》《左传》。

颜之推出身儒门世家，他的先祖是被尊称为“复圣”的颜回。因家学渊源，颜之推自幼博览群书，年少之时便落笔成章，文采华丽，受到很多人的称赞。然而他生活在南北朝时期，那是一个动乱的年代，在战乱的驱逐下，他先后在南梁、西魏、北齐、北周、隋朝担任官职。待到隋朝大一统之后，颜之推终于安定了下来，在他生命的最后时刻，仍然在为子孙后代考虑，留下了体系完整的《颜氏家训》，教导子孙成长。

时间回溯

江陵·战乱起　奔波的起点

公元554年，那时的南梁沉浸在一片欣喜之中，在梁元帝萧绎“英明”的领导下，南梁群臣齐心合力平定了侯景之乱。元帝还要求西魏把侯景之乱时期趁火打劫侵占的领地退还回来。其实，当时的南梁朝廷在经历战乱之后早已不复之前的强大，讨回丢失的领地是其次，休养生息才是当务之急。西魏朝廷也看出了南梁的空虚，于是在这一年秋天，向着南梁都城江陵进军。

这时候的颜之推受到元帝的亲自指派，与众多学士一起校勘宫中藏书。这次校勘的任务十分繁重，藏书分入经、史、子、集四部，总计八万多卷。颜之推家学渊源，精通《周官》《左传》，负责校勘史部。

无论哪朝哪代，参与修书这种立言大事，对于读书人来说，都是莫大的荣耀与肯定。颜之推每日与同僚一起沉浸在书海之中，充满热情地工作着，丝毫没有察觉到危险的降临。

十一月初一，西魏大军在常山公于谨、大将军杨忠等人的统领下渡过汉水，直逼江陵。沉浸在修书之中的颜之推也被兵戈之声震醒，他从书海之中走了出来，看到了江陵城墙上的惨战。他只是一介书生，并没有上阵杀敌之能，于是只能祈祷上天保佑，让南梁逃过一劫。

随着江陵城门的攻破，希望变成了绝望。元帝被杀，江陵城中的所有士族官员皆成为西魏的俘虏。他们在西魏士兵的驱赶下，向着北方行去，以补充西魏的仆役与劳力。颜之推也在其中，他拄着拐杖，看着浩浩荡荡的队伍，心中充满了苦涩。

由于军队行进有期，那些跟不上进程的老弱妇孺便被士卒虐杀，遗骨丢弃在道路两旁。颜之推亲眼看到过这种惨剧：一位父亲因为要照顾年幼的孩子，所以落在了队伍后面，领军的将领见此，便命令这位父亲将孩子丢弃。父亲自然不肯，这位将军一把将这孩子推倒在地，命令士卒将孩子乱棍打死，然后将这位父亲强行拖走。

就这样，颜之推一路跌跌撞撞地跟着队伍来到西魏的境内。西魏大将军李显庆看中他的才华，令其掌管阳平公李远的书翰。虽然得到贵人赏识，但是西魏也非安宁乐土。西魏权臣宇文觉把持朝政，废黜皇帝，建立了北周。这个时候颜之推正好听闻北齐礼遇遣返梁臣的消息，于是带着家人星夜逃往北齐。

然而等颜之推到达北齐，梁国却已经换了天地，现在的南方已经没有了梁国，只有陈霸先的陈国。已经无处可去的颜之推就这样留在了北齐。北齐后主高纬昏庸无能，最后被北周所灭。就这样，颜之推兜兜转转又回到了北周，之后的三年，他没有选择做官，而是研究经史典籍，反思自己的人生。

长安·大一统 传承的起点

隋朝初年，那时的长安城还叫作大兴城，颜之推已经在这里定居多年。从二十多岁起，他便开始过着颠沛流离的生活，见识过南国礼乐，领略过北国风情，也见证了一个又一个王朝的覆灭。

公元581年，北周权臣杨坚以外戚身份控制了北周朝政，受北周静帝“禅让”为帝，建立了隋朝。杨坚为南北朝这一百多年的战乱画上了句号，天下重归大一统。朝廷新建，百废待兴，隋文帝需要各方面的人才帮助他一同建设隋朝。

颜之推家学渊源，又历经数朝，于是被隋文帝征召，仍旧从事文化方面的工作。他曾参与隋朝历法的修订，还负责重撰原北齐秘书监魏收所编的《魏书》，校正其中的错误，补足书中的疏漏。总之，隋朝初年的文化工作，随处可见颜之推的身影。

颜之推的生活终于归于平静，但是战乱的记忆是难以磨灭的。西魏攻陷江陵城的那一天，颜之推亲眼看到了八万卷藏书被付之一炬。在战乱漂泊的岁月中，他见证了无数世家的没落，那些传承了千百年的文化也随之永远消失。这让他感到恐慌，他的家族传承了先祖颜回的学说，如果整个家族亡于战乱，那先祖的传承将会就此断绝。

虽然现在天下安定，但在一种居安思危的心态驱使下，颜之推决定要给后世子孙留下点什么。开皇十一年（591），颜之推在颜氏府邸完成了《颜氏家训》，在三个儿子和长孙颜师古的陪伴下度过了几年悠闲时光后，安详辞世。

常山·死战　父子喋血报国

天宝十四年(755),距离颜之推去世已经过去了一百多年。颜之推的六世孙颜杲卿、颜真卿都已经在地方为官。也正是在这一年，爆发了令盛唐衰落的安史之乱。

这一年，颜杲卿担任常山太守，处在安禄山的管辖之下。在安禄山叛乱之后，颜杲卿诈降斩杀叛将，与镇守在平原郡的堂弟颜真卿遥相呼应，搅乱安禄山的后方。当时的安禄山已经准备西进，听闻颜氏兄弟在河东搅乱自己的后方，就停下了进军的步伐，命令史思明直扑常山。

史思明来到常山城下，准备劝降颜杲卿，但是在《颜氏家训》的熏陶下成长起来的颜杲卿怎么会投降叛军？史思明见劝降无果，就下令攻城。与史思明率领的大军相比，常山城的守卫力量十分薄弱。但是颜杲卿无所畏惧，他身披甲胄，亲自站在城头指挥防守。守城士兵深受激励，个个奋勇杀敌，击退了敌人一次又一次的进攻。

然而终归是力量悬殊，寡不敌众，常山城最后还是被史思明攻破，颜杲卿一家俱为俘虏。由于颜杲卿的死战不屈使得史思明部伤亡惨重，这让史思明异常愤怒。而颜杲卿是安禄山指名要的人，他不敢擅动，于是便一刀砍下了颜杲卿儿子颜季明的首级。

颜杲卿被押送到洛阳之后，也没能逃过一劫，他被安禄山下令凌迟处死。在刽子手的刀光下，颜杲卿血肉横飞，但他仍不停地对安禄山破口大骂。安禄山大怒，命人用钩子钩断了颜杲卿的舌头，颜杲卿口中血如泉涌，但仍含混不清地骂着，直到气绝身亡。

长安·忠义　祭文天地同悲

听闻堂兄惨死的消息，颜真卿悲痛欲绝，但是现在的局势容不得他沉溺在自己的悲伤之中。此时的颜真卿任职平原郡太守，正与叛军展开殊死搏斗。公元756年，颜真卿带领平原郡的军队收复了河北重镇魏郡，接着河东节度使李光弼和朔方节度使郭子仪先后收复了常山和赵郡，之后更击败了叛军主力之一的史思明。

然而就在形势一片大好之际,唐王朝的内部却出现了祸患。晚年的唐玄宗李隆基昏庸之至，他听信奸臣谗言，错杀名将封常青、高仙芝，强逼老将哥舒翰出兵以致兵败被俘。待到朝廷无将可用之后，安禄山趁势攻陷潼关，突破了长安城的最后一道防线，唐玄宗只得向蜀中仓皇逃窜。地方镇守将领听到都城失陷、皇帝逃跑的消息，也纷纷丧失斗志，局势瞬间倒向了安禄山一方。

河北叛军也借此机会向河间进军，颜真卿急忙派军驰援，却惨败而归，河间失守，无险可守的平原郡孤立无援，颜真卿不得不放弃平原郡，带领部下向凤翔突围，与新皇唐肃宗会合。

公元 757 年，唐军收复长安，颜真卿随唐肃宗一同返回长安。公元 758 年，九路节度使围攻安庆绪，局势已经一片大好。颜真卿这个时候终于将自己紧绷的神经放松了下来，他想起了惨死的堂兄和侄子，于是派人去河东寻找堂兄颜杲卿与侄子颜季明的尸骨。

由于颜杲卿是被凌迟处死的，尸骨早已不知散落何处，在刽子手的指引下，仅找到了残缺的一只脚，而侄子颜季明也仅找到头骨。颜真卿见此，再也不能抑制自己心中的伤悲，挥毫写下了《祭侄季明文稿》：

维乾元元年，岁次戊戌九月庚午朔三日壬辰，第十三叔银青光禄（大）夫使持节、蒲州诸军事、蒲州刺史、上轻车都尉、丹杨县开国侯真卿，以清酌庶羞，祭于亡侄赠赞善大夫季明之

灵。惟尔挺生，夙标幼德，宗庙瑚琏，阶庭兰玉，每慰人心，方期戬谷，何图逆贼闲衅，称兵犯顺，尔父竭诚，常山作郡。余时受命，亦在平原。仁兄爱我，俾尔传言，尔既归止，爰开土门。土门既开，凶威大蹙。贼臣不救，孤城围逼，父陷子死，巢倾卵覆。天不悔祸，谁为荼毒。念尔遘残，百身何赎。呜呼哀哉。吾承天泽，移牧河关。泉明比者，再陷常山，携尔首榇，及兹同还。抚念摧切，震悼心颜，方俟远日，卜尔幽宅，魂而有知，无嗟久客。呜呼哀哉。尚飨。

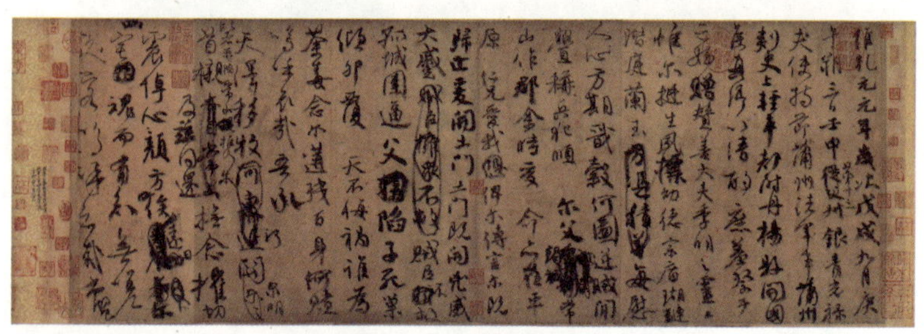

颜真卿《祭侄季明文稿》

此文并非颜真卿一气呵成，而是有多处涂抹的痕迹，可以看出颜真卿的心情已然极度悲愤，情绪久久难以平静。他的堂兄颜杲卿到死都没有违背《颜氏家训》，用生命践行了颜氏传承下来的为臣之道。

历史总是惊人的相似。公元 783 年，已是古稀之年的颜真卿被派往叛军李希烈营中传达圣旨。在叛军营中，颜真卿义正辞严，不为叛军的威逼利诱所动，于784年被缢杀。他用自己的生命践行了家族的传承。

品读有感

颜之推将他颠沛流离的一生，将他所有的人生阅历和感悟写入《颜氏家训》。他希望后世子孙从中学习，能够成才，而不是碌碌无为。

他成功了，他将自己的子孙培养成了一代大儒，传承了来自祖先颜回的学说。他的六世孙颜杲卿、颜真卿恪守家训，学习成才，为国尽忠，青史留名。

扫描收听本章音频（颜之推篇）

感悟

感悟

曾国藩

人间万事似浮云，名利一样都是空

立训人：曾国藩

他是中国历史上最有影响力的人物之一。他以一介书生入京赴考，中进士，留京师，十年七迁，连升十级，紧接着又历尽艰辛平定太平天国，被封为一等勇毅侯，成为清代以文人而封武侯的第一人。受战争的冲击，他愤慨“卧榻之旁，岂容他人鼾睡”；在可以黄袍加身之时，他慨然“倚天照海花无数，流水高山心自知”。

传承人：曾国藩后人

两百多年来，曾国藩的后人绵延十代，有成就者多达 200 余人，大多为学术、科技、文化领域的精英，堪称中国家族史上的奇观。在曾国藩那无人媲美的风光下，他们洁身自好，大隐于世，真正实现了曾国藩“长盛不衰，代有人才”的遗愿。

余通籍三十余年，官至极品，而学业一无所成，德行一无许可，老大徒伤，不胜悚惶惭赧。今将永别，特将四条教汝兄弟。

一曰慎独而心安。自修之道，莫难于养心；养心之难，又在慎独。能慎独，则内省不疚，可以对天地质鬼神。人无一内愧之事，则天君泰然。此心常快足宽平，是人生第一自强之道，第一寻乐之方，守身之先务也。

二曰主敬则身强。内而专静纯一，外而整齐严肃，敬之工夫也；出门如见大宾，使民如承大祭，敬之气象也；修己以安百姓，笃恭而天下平，敬之效验也。聪明睿智，皆由此出。庄敬日强，安肆日偷。若人无众寡，事无大小，一一恭敬，不敢怠慢，则身强之强健，又何疑乎？

三曰求仁则人悦。凡人之生，皆得天地之理以成性，得天地之气以成形，我与民物，其大本乃同出一源。若但知私己而不知仁民爱物，是于大本一源之道已悖而失之矣。至于尊官厚禄，高居人上，则有拯民溺救民饥之责。读书学古，粗知大义，既有觉后知觉后觉之责。孔门教人，莫大于求仁，而其最切者，莫要于欲立立人、欲达达人数语。立人达人之人，人有不悦而归之者乎？

四曰习劳则神钦。人一日所着之衣所进之食，与一日所行之事所用之力相称，则旁人韪之，鬼神许之，以为彼自食其力也。若农夫织妇终岁勤动，以成数石之粟数尺之布，而富贵之家终岁逸乐，不营一业，而食必珍馐，衣必锦绣，酣豢高眠，一呼百诺，此天下最不平之事，神鬼所不许也，其能久乎？古之圣君贤相，盖无时不以勤劳自励。为一身计，则必操习技艺，磨练筋骨，困知勉行，操心危虑，而后可以增智慧而长见识。为天下计，则必己饥己溺，一夫不获，引为余辜。大禹、墨子皆极俭以奉身而极勤以救民。勤则寿，逸则夭，勤则有材而见用，逸则无劳而见弃，勤则博济斯民而神祇钦仰，逸则无补于人而神鬼不歆。

此四条为余数十年人世之得，汝兄弟记之行之，并传之于子子孙孙，则余曾家可长盛不衰，代有人才。

译文

我做了三十多年的官，官职已经位极人臣，可是在学问上却一点成就也没有，德行上也没有值得赞许的地方，年纪大了只好白白地悲伤，想到这不禁感到惶恐惭愧。如今将要与你们永远分别，特地留下这四条训言教诲你们。

第一，一个人在独处时，也要保持谨慎不苟的态度，做到表里如一，严守本分，在处世时就能心安。在修身养性的道路上，最难的就是养心，而养心的难处，就在于做到独处时依然能保持谨慎不苟。能够做到在独处的时候依然谨慎不苟，在反省自己的时候就不会有愧疚，就敢于直面天地与鬼神的质问。一个人如果没有做过一件感到内疚的事，那么他就会心神安宁，心情也会随之快乐知足、宽容平和，这是人生中最好的自强之路，也是最好的寻乐方法，同时也是守住节操的首要任务。

第二，以敬作为修养方法就能使身心强健。内心保持纯一的宁静，外表要衣着整齐、神情严肃，这就是“敬”的修养方法；出门办事就好像要会见重要的客人，给百姓分配劳役就好像要承担重大的祭祀任务一样，这就是“敬”表现的气象；通过自己的修身来使百姓安居乐业，通过培养自己的诚实恭敬而使得天下太平，这就是“敬”的运用效果。聪明机智都是从“敬”中出来的。庄敬会使人一天天变得强大，安逸放纵会使人一天天衰弱下去。如果能做到无论对一个人还是一群人、无论对小事情还是大事情都态度恭恭敬敬，没有一点松懈怠慢，那么自己的身心就会变得强健，这有什么可以怀疑的呢？

第三，追求仁爱就能使别人心悦诚服。在人的生命中，都是天地之间的“理”赋予人以人性，而天地间的“气”则赋予人以形体，我和百姓相比，生命的根本是同出一源的。假如我自私自利而不爱护百姓、不爱惜物品，就是违背了生命的根本同出一源这一道理。至于那些享有高官厚禄的官员，地位在众人之上的人，就有从危险与饥饿中拯救百姓的职责。读古人书，学习古人的思想，粗略地了解其中大义之后，读书人就有启蒙别人的责任。孔门教育子弟，最大的要求是要子弟讲究仁爱，而其中务必要做的，就是自己想有所成就的时候先帮助其他人有所成就，自己想要过得顺利的时候先帮助其他人过得顺利。能够成就他人、帮助他人的人，人们哪有不心悦诚服认同他的呢？

第四，辛勤劳动就能得到神明的赞许。人每天穿的衣服、吃的食物，能做到与他每天所做的事情、付出的努力相对应，那么就会得到旁人的认可和鬼神的赞许，这是因为他是在靠自己的本事吃饭。假如普通人家男人耕田女人织布，一年到头辛苦劳动，才有了几担谷和几匹布的收入，而富贵的人家天天安逸淫乐，不做事情，却锦衣玉食，喝醉了酒以后就呼呼大睡，一呼唤就有下人对他唯唯喏喏，这是天底下最不公平的事情，连鬼神看见了都不会允许他这样胡作非为，这样难道能长久吗？古代圣明的帝王和贤良的大臣，没有一刻不用勤劳来激励自己。一个人想要安身立命，就应该努力操练和学习技术本领，积极锻炼自己的体魄，感觉到困难就要勉励自己迎难而上，时时刻刻做到居安思危，这样才能够做到通过增长自己的学识来增长自己的才干。而从为天底下老百姓着想的角度来说，应该做到把百姓的困难当成自己的困难，有一个人吃不饱，就要当成是自己的罪过。大禹、墨子都提倡以节俭来生活，以勤劳来救护人民。勤劳的人长寿，安逸的人短寿，勤劳的人因为富有才干而能够派上用场，安逸享受的人因为毫无才干会被社会淘汰，辛勤劳作就能广泛地给百姓带来好处，神明也会钦佩他，贪图安逸享乐不能给百姓带来什么好处,鬼神也会对他感到厌恶。

这四条是我从数十年的人生中积累的经验，你们兄弟几个要记住并且履行，而且要把它传给子子孙孙，这样，我们曾家就可以长盛不衰，代代出人才。

导读

采选关键词：赤胆忠心；力挽狂澜；慎独平静；天下己任

曾国藩（1811—1872），汉族，初名子城，字伯涵，号涤生，是宗圣曾子的七十世孙。中国近代政治家、战略家、理学家、文学家，湘军的创立者和统帅。与胡林翼并称“曾胡”，与李鸿章、左宗棠、张之洞并称“晚清四大名臣”。官至两江总督、直隶总督、武英殿大学士，封一等毅勇侯，谥号“文正”。

“为政以耐烦为第一要义”，凡事勤俭廉劳，不可为官自傲，是曾国藩一生的主张。而曾国藩本人的崛起，对清朝产生了深远影响。也正是在曾国藩的倡议下，清政府建造了中国第一艘轮船，建立了第一所兵工学堂，印刷翻译了第一批西方书籍，安排了第一批赴美留学生。

曾国藩作为湘军的创立者和统帅，率领湘军镇压太平天国运动，被清廷称为“同治中兴”第一功臣；又于咸丰十一年（1861）创办了中国最早的洋务军工企业——安庆内军械所，成为洋务派的重要代表人物。然而辛亥革命之后，一些革命党人认为他“开就地正法之先河”，并在“天津教案”中杀人割地，是遗臭万年的汉奸。

时间回溯

同治十一年（1872）三月十二日，这天对于曾国藩而言是一个特殊的日子，15年前的今天，曾国藩的父亲溘然长逝。曾国藩拜过父亲的牌位，便让儿子曾纪泽扶他去花园散步。他意味深长地对儿子说：“我这辈子打了不少仗，打仗是件最害人的事，造孽，我曾家后世再也不要出带兵打仗的人了。”父子二人聊着家常，不知不觉走进了一片竹林。就在这时，一阵大风吹过，曾国藩连呼“脚痛”，随后倒在儿子身上。家人把

他扶进屋后，他已经不大能说话了。看家人都围拢在床边，曾国藩吃力地开玩笑说：“我平生最爱写遗嘱，想不到要死了，竟没有时间写了。”他用手指了指桌子的方向，那里有他早已写好的书信，也就是这封《诫子书》。曾国藩所写下的家训影响了曾家的一代又一代，而他本人也被看作中国近代史上最显赫和最具争议的人物，这样一个传奇的人物会有着怎样的一生？让我们回到那个国事纷乱的时代。

七考科举终入仕途

作为长孙，曾国藩身上背负着两代人的希望。然而事与愿违，曾国藩从十四岁开始参加县试，连续六次都名落孙山。道光十三年(1833),曾国藩已经二十三岁,就在曾家快要认命时,他的命运突然峰回路转，中了秀才，第二年又中了举人。

道光十八年（1838）初，曾国藩带着借来的钱，继续敲击科举的大门。到达北京后，曾国藩闭门读书，一天只吃一顿饭，终于坚持到了殿试。他被列为三等四十二名，为同进士。何为同进士？在当时的科举排名是这样的：第一等，三名，分别是状元、榜眼、探花；第二等，数名，赐进士；第三等，赐同进士。曾国藩考上的这个同进士，成了让他一生耿耿于怀的事情，因为在他心里，同进士只是“相当于”进士，有点名不正，言不顺之意。

这一年，曾国藩二十八岁，被授予翰林院庶吉士。

率湘军镇压太平天国

太平天国定都南京后，洪秀全野心勃勃，想趁得胜之势一举覆灭清王朝。曾国藩意识到事态的严重性，于咸丰四年（1854）率湘军挥师北上，水陆并进，与太平天国争夺武昌。在出发前，曾国藩发表了一篇19世纪中国最有名气的战斗檄文——《讨粤匪檄》。在这篇檄文里，他声称太平天国运动是“荼毒生灵”“举中国数千年礼义人伦诗书典则，一旦扫地荡尽。此岂独我大清之变，乃开辟以来名教之奇变，我孔子孟子之所痛哭于九原”“粤匪自处于安富尊荣，而视我两湖三江被胁之人曾犬豕牛马之不若。此其残忍惨酷，凡有血气者未有闻之而不痛憾者也”。接着号召“凡读书识字者，又乌可袖手安坐，不思一为之所也”，他站在道德的制高点，称太平军为“粤匪”，动员当时广大的知识分子参与到反对太平军的斗争当中，为日后的胜利打下了坚实的基础。

曾国藩命褚汝航为水师统领、塔齐布为陆军先锋，统率1.7万人，从衡阳一路奔往长沙。五月，在靖港水战中被太平军石祥贞部击败，欲投水自尽，被部下所救。八月二十二日晚，就

在曾国藩准备带领军队攻打武昌时，太平天国守将石凤魁突然带领自己的心腹溜之大吉，第二天武昌城守军发现长官凭空消失，顿时不知所措。有一批守城士兵打开了城门，敲锣打鼓地迎接曾国藩带领的湘军入城。

不久后，又传来一个令人振奋的消息，胡林翼的湘军终于攻克武汉，水陆两军同时抵达九江，趁此机会，曾国藩乘胜追击，带领一支虎狼之师先后夺取多个阵地，并带领湘军力挽狂澜，经过多年鏖战后攻灭太平天国。

天津教案毁清誉

同治九年（1870）六月二十一日，天津英国驻华领事馆的一位助理向远在大西洋的伦敦发出一份紧急信函，内容只有一句话："法国领事馆、仁慈堂、法国的大会堂全在焚烧中。法国领事和所有修女以及另外几名法国人全被害死！"

刹那间，整个欧洲沸腾了。如此严重的事件，起因为何？清廷又当如何应对？

天津多名群众怀疑天主教堂以育婴堂为由，拐卖人口，聚集在天主教堂门前。而法国领事却因不满当地政府的镇压力度，同天津知县刘杰发生武力争执，并当场枪杀一人，这一举动更加激起了民众的愤恨之情。民众激愤之下先杀死了法国驻天津领事丰大业及其秘书西门，之后又杀死了多名修女和领事，焚毁了法国领事馆及多座基督教堂。事件发生后，英、美、法等国联合提出抗议，并出动军舰示威。

此时正担任直隶总督的曾国藩听闻此事感到十分震惊，也预感到了此事十分棘手，恐怕自己要栽在这件事中。于是在奉命前往天津办理天津教案之前，他就立下遗嘱，并做好了主张对外让步的打算，因为他清楚地知道，当时的中国还远远不是西方列强的对手。

曾国藩抵达天津后，考虑到当时的形势，下令不与法国开战，“但冀和局之速成，不问情罪之一当否”，在法国的强烈要求下，决定处死为首杀人的 8 人，充军流放 25 人，并将天津知府张光藻、知县刘杰革职充军发配到黑龙江，赔偿外国人的损失 46 万两银子，并派使团至法国道歉。

这个交涉结果，令朝廷人士及广大民众甚为不满，一时舆论大哗。曾国藩虽说未受牵连，全身而退，却因此事被称作“卖国贼”，他苦心经营一生的清誉，在短短三个小时中毁于一旦，也因为此事，京师湖广会馆将曾国藩匾拔除烧毁。

夕阳西下几时回？无可奈何花落去。大将终将步入黄昏。1872 年，天津教案两年后，曾国藩死于两江总督任上，终年六十一岁。正如古人所云：“千夫所指，无病自亡。”这位伟大人物带着无限感慨离开了人间，只留下了他的墓志铭“不信书，只信命”。

品读有感

无论曾国藩属何种类型的人，世人对其如何评说，历史总是公正和客观的。至少有一点可以肯定，曾国藩对他所处的历史时期和后世的中国社会，都产生了重要影响。

曾国藩说："未来不迎，当下不杂，既往不恋。"就是说，未发生的事情，不去想它；当下正在做的事情，要心无杂念，专心去做；当事情过去了，绝不留恋。

如果一个人真能做到这一点，不管他处于什么样的处境，干什么样的工作，即使做不出像曾国藩那样的事业，我想他的人生也一定会立于不败之地。

扫描收听本章音频（曾国藩篇）

感悟

感悟

林则徐

苟利国家生死以，岂因祸福避趋之

立训人：林则徐

他被史学界称为“近代中国开眼看世界的第一人”，维新派颂其“开学习西方长计之先河”；他因虎门销烟留名青史，却也因此跌入人生谷底；他是水利专家，也是抗敌名将；他不懂外语，却晓“采访夷情”，他的一生就是一部充满血泪的近代史。当身陷困境，无所适从时，“苟利国家生死以，岂因祸福避趋之”成了他一生的写照！

传承人：林汝舟

他是林则徐之子，是林氏家训的传承人，他深受“师夷长技以制夷”思想主张的影响。他在林则徐一封封家书中成长，传承着“但求无愧于心”的家训。

训长儿汝舟：

父自五月十一日动身赴广东，沿途经五十余日，今始安抵羊城。风涛险恶，不可言喻，惟静心平气，或默背五经，或返躬思过，故虽颠簸不堪，而精神尚好，因思世途险巇，不亚风涛，入世者苟非先胸有成竹，立定脚根，必不免为所席卷去。

近朱者赤，近墨者黑，此择友之道应尔也。若于世事，则应息息谨慎，步步为营，若才不逮而思儌幸，或力不及而谋躐等，又或胸无主宰，盲人瞎马，则祸患之来，不旋踵矣。此为父五十年阅历有得之谈，用以切嘱吾儿者也。

汝母汝弟，身体闻均安好。汝二弟且极用功好学，父闻之，心为一快。客居在外，饥饱寒暖，须时加调护；友朋应酬，虽不可少，而亦要有限制；批阅公牍，更宜仔细，切不可假手他人。对于长官，尤应恭顺小心，即同僚之间，亦应虚心和气。为父做官三十年未尝以疾言遽色加人，儿随父久，当亦目睹之也。闲是闲非，不特少管，更应少听，一有差池，不但殃及汝身，即为父亦有不测也。慎之慎之。

译文

训长儿汝舟：

我从五月十一日动身前往广东，一路上历经五十多天，今天才平安地到达羊城。一路上遇到多少风涛险恶，没法形容，但幸亏我平心静气，在心里默默背诵五经，或者自省曾经犯的过错，因此，虽然一路颠簸，但精神还很好。因而想到，人生路上也一样险恶不断，不亚于这狂风恶浪，走上社会，如果不能做到胸有成竹，站稳自己的脚跟，必然免不了要被狂风恶浪席卷而去。

近朱者赤，近墨者黑，这些是选择朋友时一定要注意的道理。如果讲到为人处世，那么就应该做事小心谨慎，如果才华不出众、能力不足却想得到重用；又比如毫无主见，像盲人骑瞎马一样，那么灾祸就要来了。这是父亲我五十多年来的人生阅历总结出的经验之谈，用来真切地叮嘱你，我的儿子啊！

你的母亲和你的弟弟，听说身体都很健康，你的二弟特别用功好学，我听到这些真的很开心。你在外地，饮食冷暖，自己要小心，要注意调养身体；朋友之间应酬虽然是必不可少的，但也要有所节制；批阅公文更要仔细，千万不能让别人去代劳。对于领导，特别注意要恭敬小心，即使是同事之间，也应该虚心和气地相处。我做官三十多年，从来没有对别人疾言厉色过，你跟随我时间最长，也应该有看到。那些是是非非的闲事，不仅要少管，更要少听，一旦有所差错，不但自己遭殃，就连我也会受到意想不到的牵连。一定要小心谨慎啊！

导读

采选关键词：英勇果断；忧恨流放；艰苦遭遇；忍辱负重

林则徐（1785—1850），福建省侯官人，字元抚，又字少穆、石麟，晚号俟村老人、俟村退叟等，清朝政治家、思想家和诗人。官至一品，曾任两广总督、钦差大臣。因震惊中外的虎门销烟，享有“民族英雄”之誉。众所周知，林则徐是中国历史上一位顶天立地的民族英雄，虽有一腔报国热情，但无奈官场中处处争权夺利，并非他凭借一腔热血就可以施展抱负的。因此他用自身经验告诫儿子，面对强风恶浪时，要有一套自己的为人处世准则。人生路上风涛险恶，其中复杂，难以形容，官位权势，皆为虚华。他将自己几十年人生阅历所得的处世经验，写成家书家训，教导后世。

广州·虎门销烟

自以为“天朝君临万国”而“闭关锁国”的清朝此时已逐步落后于世界，然中华地大物博，英国为了扭转对华贸易逆差，开始向中国走私毒品鸦片，牟取暴利。

1837 年，林则徐升任湖广总督。此时鸦片已是流毒深重。

1838 年，林则徐被任命为钦差大臣，前往广东销烟。这一去，揭开了历史的新篇章。

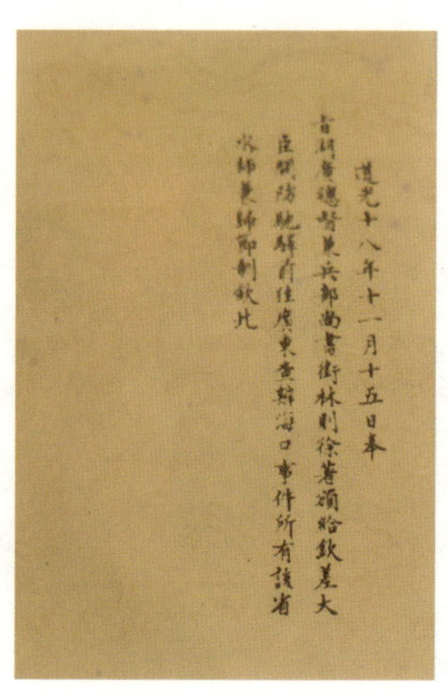

道光十八年十一月十五日奉
旨湖廣總督兼兵部尚書銜林則徐著頒給欽差大
臣關防馳驛前往廣東查辦海口事件所有該省
水師兼歸節制欽此

林则徐赴粤钦差文照（复制件）

1839年5月30日，林则徐接到道光帝“就地销毁”鸦片的圣旨。此时，挖池工作已近完工，一切安排就绪。夜雨淅沥，林则徐心潮翻涌，久难成寐。回想起自己自奉旨来到广州，其间遭受的种种经历，不禁心头为之一热。销烟工作已准备妥当，只待销烟池挖掘完工。

6月3日，虎门销烟正式开始。古老的虎门城寨下，密密麻麻的人形成了一道人墙，成千上万的人从四面八方赶来，争相一睹钦差林大人的风采，看这场销烟大戏。

此时，销烟池对面观礼台上，一面黄绫长幡高悬，“钦差大臣奉旨查办广东海口事务大臣节制水陆各营总督部堂林”一行大字，赫然醒目，广东各高级官员全部出席。午后，身穿蟒袍的林则徐在文武大员陪同下，登上礼台。空中响起隆隆的礼炮声，震惊中外的虎门销烟开始了。

林则徐塑像

一群袒胸赤脚的夫役，站在横跨硝烟池的木板上，将鸦片和一担担烧透了的石灰扔入池内。顿时，销烟池沸滚如热汤，“浓油上涌，渣滓下沉，臭秽熏腾，不可向迩”。远看好似风起云涌，云海翻腾。一池销毁完毕，即打开涵洞，冲刷入海，另一池又开始了紧张的浸化。夕阳西垂，170 箱鸦片全部化为渣沫，随着退潮的海水，流向大海。

自 1839 年 3 月林则徐到达广州查禁鸦片起，至 1840 年 10 月清廷革林则徐两广总督职止，林则徐在广州主持禁烟抗英军事斗争长达 19 个月，共收缴烟土 19187 箱，另有 2119 袋，总重量达 1188127 公斤。林则徐指挥的虎门销烟，向全世界宣告了中华民族绝不屈服于侵略者的决心。

林则徐以虎门销烟、奋力抗英而闻名中外，但也正是因为这场禁烟运动和抗英行为，使他成了一名“罪臣”，才有了后来五年的流放生活。

鸦片战争　遭诬陷流放

1840 年 6 月，英军派舰队封锁珠江口，进攻广州。8 月 9 日抵达天津大沽口，威胁北京。

听闻此消息，道光帝惊慌失措，紧急命令直隶总督琦善前去“议和”，同时下令彻查英军攻占定海的原因。向来与林则徐不和的琦善趁机上报道光帝，声称英军此举是因为林则徐“烧其鸦片”，只要处置林则徐一人，就可以解决问题。此后，林则徐便接连遭到污蔑和打击，甚至当林则徐上奏禁烟抗英的重要性时，道光帝却翻脸指责林则徐是一派胡言。

英雄末路，林则徐沦为朝廷政治权术的牺牲品。这场冲突只需要处理他一个人就能化解，何乐而不为？

1840 年 9 月 29 日，道光帝下旨，革了林则徐的职，并命令“交部严加议处，来京听候部议”。此时的道光帝实际上已认识到英国侵略者的贪得无厌。尽管他清楚地知道林则徐的抗英形象已深入人心，朝廷大臣腐败无能，却仍旧一错再错。

1841 年 5 月 1 日，林则徐接到圣旨：降为四品卿衔，速赴浙江镇海听候谕旨。“居庙堂之高则忧其民，处江湖之远则忧其君”，林则徐没有因此而消极沮丧。林则徐到镇海上任后，积极参与当地的海防建设。然而，此时希望“戴罪立功”的他却又一次遭人陷害。当时，接替琦善的靖逆将军奕山在率军与英军作战中打了败仗，为了开脱罪责，他声称英军只是针对林则徐一人，只有再次惩办林则徐，英方才肯罢兵议和。道光帝求和心切，便以林则徐没有积极任职工作为由，再次把广州战败的责任归罪于林则徐，并于 6 月 28 日下旨，革去林则徐“四品卿衔”，发往新疆伊犁。

林则徐抗英有功，却屡遭诬陷，1841 年 7 月 14 日，他踏上戍途。在赴戍途中，他忍辱负重，不为个人的坎坷而唏嘘，写下“苟利国家生死以，岂因祸福避趋之”的名句后，挥手告别，奔赴远方。

新疆流放　训子慎为官

虎门销烟引发中英矛盾升级，第一次鸦片战争爆发，清政府战败赔款割地已成事实。林则徐不过是朝廷权力游戏中的一枚棋子，有如此“明君”，他只有悲愤无比地踏上流放新疆之路。

他的人生不寂寞。虽遭受风暴袭击，但自己多年刚正不阿的为人处世原则得到了回报。他的流放路，远比当年纪晓岚去新疆温馨得多，一直都有同僚、好友前来相迎，甚至还有人为了让林则徐再度出山，以死进谏。

早在赴广东之前，他似乎就已经察觉广东之行会遭遇一场大风暴，但“君让臣死，臣不得不死”的关系死结，他是打不开的。于是他写下了这封训子书，希望他的儿子不重蹈覆辙。

当时林则徐的长子林汝舟在京城做官，林则徐担忧儿子年纪尚轻，不能抵抗官场虚华之风，变得圆滑起来。他深知在皇帝眼皮底下为官，稍有不慎就大难临头，若不慎结交了一些心术不正的朋友，那风险会更大。自己已经踏入仕途，身负重任，不得不小心翼翼地行走其中，为的是可以一展抱负，建功立业。人世险恶，不亚于海上行船，其中复杂，往往是言语难以形容

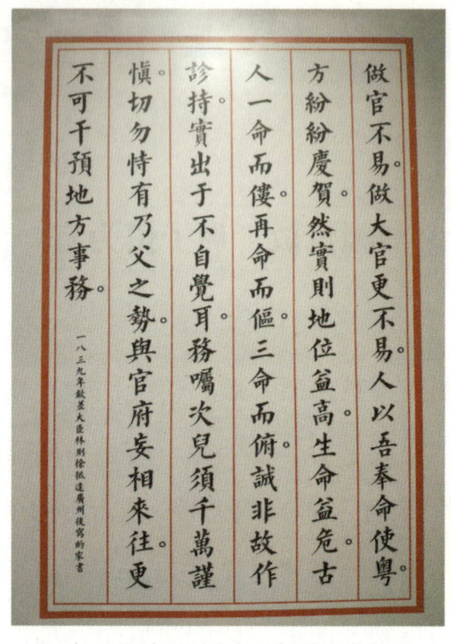

做官不易。做大官更不易。人以吾奉命使粵。方紛紛慶賀。然實則地位益高。生命益危。古人一命而僂。再命而傴。三命而俯。誠非故作診。持實出于不自覺耳。務囑次兒須千萬謹慎。切勿恃有乃父之勢。與官府妄相來往。更不可干預地方事務。

一八三九年欽差大臣林則徐抵達廣州後寫的家書

1839 年林则徐抵达广州后写的家书

的，唯有做到小心谨慎、步步为营、低调淡泊，才能尽可能减少这些风浪的威胁。切不可贪图官位虚名、结交不良之友。林则徐特别强调，这些都是他五十年人生阅历所得的处世经验。

明知有昏庸皇帝在上，却依然要为民族尊严挺身而出，林则徐所言的小心谨慎，绝非“明哲保身”。“苟利国家生死以，岂因祸福避趋之”，他只是恨报国无门而已。

父亲遭难，长子林汝舟从此便专注于史书编撰，不再迷恋官场的虚华之气，终日穿梭于古文之中。或许是领悟了父亲的一番训诫，知道这个昏庸皇帝和这个腐败官场都不是他能应付得来的，更不是他应该与之纠缠的对象。

赴任广西　途中病逝

1846 年冬，林则徐结束了颠沛流离的流放生活，以三品顶戴接署陕甘总督。但当时的陕西正处于水深火热之中，鸦片战争时，清廷强令陕西捐出一百多万两白银，如此重负，自然民生哀怨；此外，各地连年灾荒，百姓生活异常艰难，反抗官府斗争此起彼伏。林则徐走马上任后，立即办赈救灾，同时坐镇指挥，严惩惑乱人心之人。

1847 年 3 月，林则徐又被任命为云贵总督。而后，由于平定云南边境有功，加太子太保，赏戴花翎。

1849 年，林则徐因病重不得不辞官返乡休养。1850 年 3 月他回到家乡侯官，但 9 月又接到圣旨被命为钦差大臣，去广西镇压拜上帝会的反清武装起义。于是他又拖着病躯从侯官出发赶赴广西。然而他的身体毕竟没有康复，又一路颠簸，身体状况恶化。到达潮州时，他开始严重下痢；到了普宁，已是病入膏肓。道光三十年十月十九日（1850 年 11 月 22 日）辰时，林则徐在儿子林聪彝及幕僚刘存仁的陪同下，指天三呼“星斗南”之后，溘然长逝，时年六十六岁。

“出师未捷身先死，长使英雄泪满襟”。胡林翼赠挽联“千古英雄皆堕泪，四方妇孺尽知名”。死后清廷晋赠其太子太傅，照总督例赐恤，并赦免其在职期间的一切处分，谥文忠。

品读有感

林则徐曾写对联表达他的教育思想：“子孙若如我，留钱做什么？贤而多财，则损其志；子孙不如我，留钱做什么？愚而多财，益增其过。”读此联，使人顿觉一股清正之风拂面。林崇墉先生对林则徐的人格和作风概括为：“一生任事而不牟利，尽瘁而不热中，临难而不避退，受屈而不怨尤。”

“尽瘁而不热中”，林则徐朝夕孜孜不倦，处事冷静客观，一生不忘的是为百姓谋利。“临难而不避退”，林则徐多次临危受命，即使面对巨大的压力，也从不退缩。他奉命到广州禁烟，顶住朝廷上下、中洋内外的巨大压力，毅然决绝销烟。“受

存心不善風水無益
不孝父母奉神無益
兄弟不和交友無益
行止不端讀書無益
心高氣傲博學無益
作事乖張聰明無益
不惜元氣服藥無益
時運不通妄求無益
妄取人財佈施無益
淫惡肆欲陰騭無益
道光庚子春日林則徐敬書

1839 年 9 月，林公巡视澳门，在前山写下《十无益家训》，现立碑于珠江边海印桥脚。

屈而不怨尤”，林则徐作为禁烟英雄，却屡次被诬蔑。但他不但没有怨天尤人，反而在革职期间，依旧关注口岸防务和边疆开发。如此正直坦荡、不计个人荣辱的崇高精神，值得传承于后世。

十无益家训

存心不善，风水无益；不孝父母，奉神无益；

兄弟不和，交友无益；行止不端，读书无益；

心高气傲，博学无益；作事乖张，聪明无益；

不惜元气，服药无益；时运不通，妄求无益；

妄取人财，布施无益；淫恶肆欲，阴骘无益。

扫描收听本章音频（林则徐篇）

感
悟

感悟

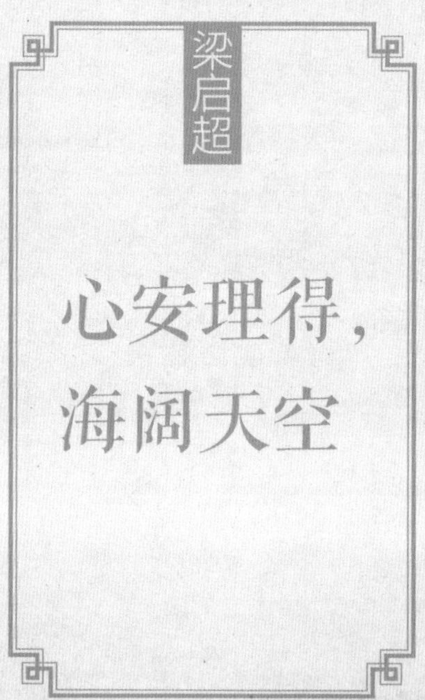

梁启超

心安理得，海阔天空

立训人：梁启超

他是清末民初一位独特而又杰出的人物，堪称近代中国知识分子第一人。他在政治舞台和思想前沿上叱咤风云，由他引领的一代人推动了近代中国社会思想和文化的进步。他经历丰富，活动多样且广泛，政治家、思想家、活动家，每一个标签都足以令人敬仰。他，就是梁启超。

传承人：梁启超后人

梁启超后代九人中有中国科学院院士、国民革命军炮兵上校、图书馆学家，梁启超把他们送往国外学习，其间与子女有密切的书信往来。他们在梁启超的深切关爱下，个个成才，成绩斐然。

孩子们：

思成和思永同走一条路，将来互得联络观摩之益，真是最好没有了。思成来信问有用无用之别，这个问题很容易解答，试问开元天宝间李白、杜甫与姚崇、宋璟比较，其贡献于国家者孰多？为中国文化史及全人类文化史起见，姚、宋之有无，算不得什么事；若没有了李、杜，试问历史减色多少呢？

我也并不是要人人都做李、杜，不做姚、宋，要之，要各人自审其性之所近何如，人人发挥其个性之特长，以靖献于社会，人才经济莫过于此。思成所当自策厉者，惧不能为我国美术界作李、杜耳。如其能之，则开元、天宝间时局之小小安危，算什么呢？你还是保持这两三年来的态度，埋头埋脑去做便对了。

你觉得自己天才不能负你的理想，又觉得这几年专做呆板工夫，生怕会变成画匠。你有这种感觉，便是你的学问在这时期内将发生进步的特征，我听见倒喜欢极了。孟子说："能与人规矩，不能使人巧。"凡学校所教与所学总不外规矩方圆的事，若巧则要离了学校方能发见。规矩不过求巧的一种工具，然而终不能不以此为教、以此为学者，正以能巧之人，习熟规矩之后，乃愈益其巧耳。不能巧者，依着规矩可以无大过。

你的天才到底怎么样，我想你自己现在也未能测定，因为终日在师长指定的范围与条件内用功，还没有自由发掘自己性灵的余地。况且凡一位大文学家、大美术家之成就，常常还要许多环境与其附带学问的帮助。中国先辈说要“读万卷书，行万里路”。你两三年来蛰居于一个学校的图案室之小天地中，许多潜伏的机能如何便会发育出来？即如此次你到波士顿一趟，便发生许多刺激，区区波士顿算得什么，比起欧洲来真是“河伯”之与“海若”，若和自然界的崇高伟丽之美相比，那更不及万分之一了。然而令你触发者已经如此，将来你学成之后，常常找机会转变自己的环境，扩大自己的眼界和胸怀，到那时候或者天才会爆发出来，今尚非其时也。

今在学校中只有把应学的规矩，尽量学足，不唯如此，将来到欧洲回中国，所有未学的规矩也还须补学，这种工作乃为一生历程所必须经过的，而且有天才的人绝不会因此而阻抑他的天才，你千万别要对此而生厌倦，一厌倦即退步矣。至于将来能否大成，大成到怎么程度，当然还是以天才为之分限。

我生平最服膺曾文正两句话："莫问收获，但问耕耘。"将来成就如何，现在想他则甚？着急他则甚？一面不可骄盈自慢，一面又不可怯弱自馁，尽自己能力做去，做到哪里是哪里，如此则可以无入而不自得，而于社会亦总有多少贡献。我一生学问得力专在此一点，我盼望你们都能应用我这点精神。

爹爹

1927年2月16日

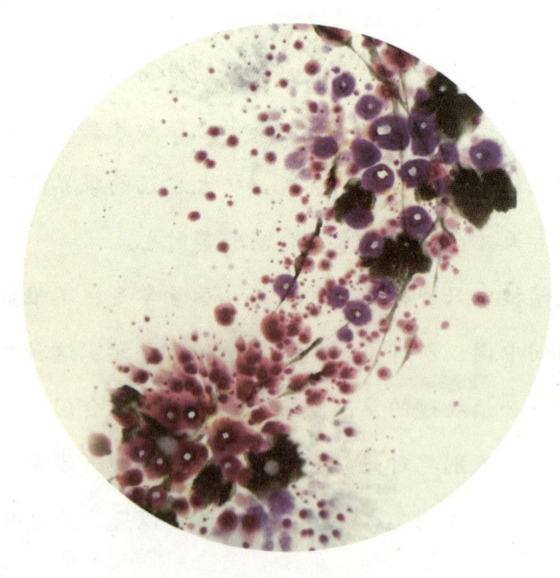

导读

采选关键词：时势；维新；上书；变法

梁启超（1873—1929），字卓如，一字任甫，号任公，又号饮冰室主人、饮冰子、哀时客、中国之新民、自由斋主人。清朝光绪年间举人，中国近代思想家、政治家、教育家、史学家、文学家。戊戌变法领袖之一，中国近代维新派、新法家代表人物。

他幼年从师学习，八岁学为文，九岁能缀千言，十七岁中举。后师从康有为，成为资产阶级改良派的宣传家。在戊戌变法之前，他曾与康有为一起发动公车上书运动，戊戌变法失败后，便同康有为一起逃亡日本。尽管此后政治思想上逐渐保守，但他仍是近代文学革命运动的理论倡导者。

时间回溯

广东神童崭露头角

珠江三角洲南端，广东新会县城，西江入海之处，便是茶坑村。日出日落，涛声依旧，这个茶坑村好似有着无穷无尽的活力。特定的环境造就特定的人，世居小岛的茶坑村人向往着外面的世界，梁启超就出生于此地。

一日，梁启超父亲的朋友前来拜访。此人是一位教书先生，见时年六七岁的梁启超在一旁，兴起道："听着，对我一联，'饮茶龙上水'。"梁启超不假思索答道："写字狗扒田。""好！再接一联，'东篱客赏陶潜菊'。"梁启超脱口而出："南国人思召伯棠。""妙啊，妙！"先生拍手叫好。

好一个"八岁学为文，九岁能缀千言"的梁启超。

此时，距第一次鸦片战争中国战败、禁烟名臣林则徐被流放新疆四十年有余。

"时势造英雄，英雄造时势"。1889年，梁启超参加广州乡试，一举中第。主考官、广东省学政使叶大焯得知广东出了一个十七岁中举的神童，便仔细查阅梁启超的试卷，不禁惊喜万分。于是特地"进诸生奖谕之"，在其他考生都很开心地出去时，只有梁启超独自留下，"长跪请曰：'家有大父，今年七十矣，弧矢之期，在仲冬二十一日，窃愿得先生一言为寿，庶可永大父之日月。'"叶大焯叹其孝心，一口答应，当即挥笔写了一篇贺文。

此时的梁启超真是少年得志，前程似锦。

中举后，梁启超入京参加会试，未考取。但令他始料未及的是，在他的面前出现了一条截然不同的路。这次北京之行使他看到了一个不一样的世界，他在路上如饥似渴地阅读上海制造局翻译的各种西方书籍，犹如发现新大陆一样。风云变幻，浪海潮头，梁启超走出的每一步都带着无法阻挡的勇气与冲动。

与此同时，读书明志，希望“天下大同”的康有为将在广州“以大海潮音，作狮子吼”。

曾以布衣上书、力倡变法的康有为在当时名声很大。梁启超十分钦佩康有为独到的见解和大胆的举动，以至“一见大服，遂执业为弟子”，从此“修弟子礼，事南海先生”。而令梁启超没有事先想到的是，与康有为的结识成了他一生中重要的转折点。此后，他毅然抛弃旧学，投入了康有为的门下，并且在康有为的带领下，接受了改革和变法理论，走上了改良维新之路。

维新变法“去留肝胆两昆仑”

1895 年春，梁启超和康有为入京参加会试，二人一路昼夜兼程，谈古说今。路经上海，有日本兵搜查，众人敢怒不敢言。梁启超愤然放言：“都当亡国奴了，还考什么状元？”

二人到京城后，清廷与日本侵略者签订丧权辱国的《马关条约》，消息传出，群情愤慨。在京应试的举人义愤填膺，决心抗争，康有为察觉到“士气可用”。

梁启超受康有为之命，“鼓动各省，并先鼓动粤中公车，上折拒和议”。

中国几千年大梦初醒的时刻即将到来。

康有为、梁启超发动了著名的公车上书，由广东率先，然后各省“连日并递都察院”。声势已成，震惊朝野，康有为、梁启超联合 18 省，邀集 1000 余名举人联名上书清廷，要求拒和、迁都、实行变法，从而拉开了维新运动的序幕。

康梁二人起草的《上清帝万言书》送往都察院被拒，但这一非同小可的举动，已然震惊到了朝廷和把握大权的太后慈禧。

大殿上，慈禧大发雷霆之怒，指着大臣呵斥道：“要尔等何用？难道真能让那些乱臣贼子造反不成？”养心殿上光绪帝则问道：“阻隔上书者何人？”大臣惶恐：“臣不敢说。”

举子们陆续离开北京。求功名不得，求上书也不得，康梁二人前来送行，更是挥泪如雨。来时台湾还是中国的一个大岛，归去时却已赔割给日本，如此耻辱，怎能不刻骨铭心！

公车上书失败之后，维新变法运动逐渐在全国兴起。康有为带领的维新派开始积极开展宣传和组织活动，并著书立说。与此同时，梁启超在康有为创办的《万国公报》（后改为《中外纪闻》）做主要撰稿人，他“日日执笔为一数百字之短文”，用文字的方式制造舆论，并取得了很好的效果。“报开两月，舆论渐明”，那些士大夫“初则骇之，继亦渐知新法之益”。在办报的过程中，梁启超也显露出了自己的才华。仅仅几个月

的时间，梁启超就从一个普通士子，一跃成为广为人知的维新运动领袖人物。

1897 年冬，德国出兵强占胶州湾，引发了列强瓜分中国的狂潮。在民族存亡之际，全民开展维新变法运动的热情迅速高涨。光绪帝接见康有为，表示不做“亡国之君”，让康有为全面筹划变法。但是一旦开始变法，自然会涉及某些人的利益。那些清政府中的守旧派坐不住了，他们开始上书慈禧，要求杀了康有为、梁启超，跪请太后“垂帘听政”，甚至宫廷内外传言将废除光绪，另立皇帝。

1898 年 9 月 21 日，一场政变在紫禁城拉开帷幕。慈禧突然在凌晨返回紫禁城，命人将光绪皇帝软禁在中南海瀛台，然后再度宣告临朝“训政”，戊戌变法宣告失败。

戊戌政变后，慈禧下令捕杀在逃的康有为、梁启超，逮捕谭嗣同、杨深秀、林旭、杨锐、刘光第、康广仁、徐致靖、张荫桓等人。从此，梁启超逃出北京，东渡日本，开始了他的流亡生活。

晚年悉心教育子女

1914 年 1 月，就在袁世凯当上大总统三个月后，他就下令取消国会。袁世凯这一举动，引起了梁启超等维新变革人士的不满。虽然梁启超被任命为币制局总裁，但这个没有多少实权的职位，并没有引起梁启超的兴趣。

不久，袁世凯又任命梁启超为政治顾问，梁启超半推半就地答应了。在任职期间，梁启超始终同袁世凯保持着一种若即若离的关系，因为他反对袁世凯接受“二十一条”，但既对袁世凯的专制统治感到不满，同时又对他抱有希望。但令梁启超没想到的是，由“二十一条”引起的风波刚刚过去，袁世凯就紧密安排恢复帝制，公开打出了复辟帝制的旗帜。梁启超对袁世凯彻底失望，面对全国反袁斗争，梁启超发出了讨袁檄文，告诫袁世凯之流不要“无风鼓浪，兴妖作怪，徒淆民视听而贻国家以无穷之戚”。

而后，梁启超与蔡锷策划商讨武力讨袁，同时，蔡锷在云南组成了讨袁“护国军”，梁启超来到上海与蔡锷等人函电往来，帮助护国军拟订计划，参加护国运动。这次护国运动以袁世凯病死告终，但此时梁启超已深深陷入北洋军阀的内部纷争之中了。

“先生弱不能耐劳，后学不复得闻高论，而斯讲遂成绝响”三句短语，包含了梁启超生命最后两三年的历程。

他在给孩子们的信中说，身体状况时好时坏，总是每况愈下，又说：“我一个月来旧病复发得颇厉害，约莫四十余天没有停止。原因在学校暑假前批阅学生成绩太劳，王静安事变又未免大受刺激。”归养津门一星期，“饱食终日，无所用心，这两天渐渐好过来了”。

他每天盼着孩子们的海外来信，每每展读，神清气爽。曾经“三个多月不得思成来信，天天悬念”。

“你们需知爹爹是最富有情感的人，对于你们的爱情，十二分热烈。你们无论功课若何忙追，最少隔个把月总要来一封信，便几个字报报平安也好。你爹爹已经是上年纪的人，这几年来国忧家难，重重叠叠，自己身体也不如前。你们在外边几个大孩子，总不要增我的忧虑才好。”

在给孩子们的信中说道，“思顺这次来信，苦口相劝，说每次写信便流泪。你们个个都是拿爹爹当宝贝，我是很知道的，岂有拿你们的话当耳边风的道理。但两年以来，我一面觉得这病不要紧，一面觉得他无法可医，那么我有什么不能忍耐呢？你们放下十二个心吧”。

只是，事与愿违，1929 年 1 月 19 日午后，叱咤风云几十年的一颗巨星陨落了。

品读有感

清末，正值中国社会发生巨变之时，那些泼墨挥毫、活跃于政治舞台和思想前沿的知识分子，正在努力走出鸦片战争以来饱受屈辱的历史阴影。而梁启超作为其中极为独特而又杰出的人物，他敢于脱离迂腐，敢于叛逆，即使背负骂名，也要坚持走维新之路。可以说，梁启超先生的这种敢于维新的精神是值得我们敬佩的。同时，他超前的思想理念也充分体现在对子女的教育上，作为一个思想开明的父亲，他的子女都在他悉心教导下成为出色的人才。

今天，我们的整个社会不免充满了焦虑与浮躁，然而，当我们回想起那个动乱的年代，在险象环生的政治运动中，依然有那么一位从未丧失信心、永远谦逊的梁启超先生，这时，我们就会感受到他精神的力量，并从中重拾自己心中的那一份信赖与期待。

扫描收听本章音频（梁启超篇）

感悟

感悟

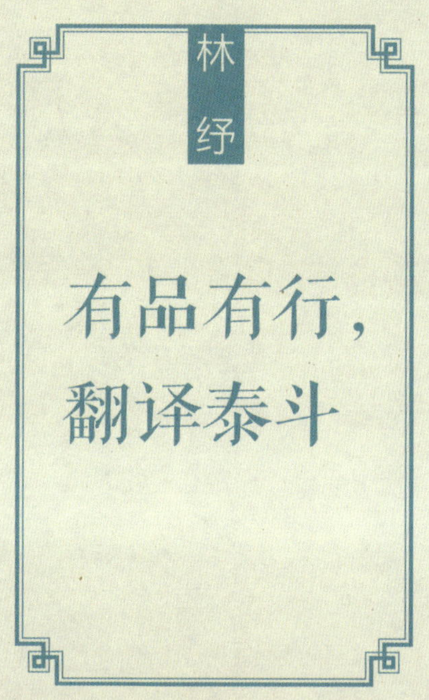

林纾

有品有行，翻译泰斗

立训人：林纾

他不懂外语，不能读原著，只靠“玩索译本，默印心中”。他从穷秀才一跃成为举人，颇有几分侠气和狂态，在他译作畅销海内的那几年，月收入近万，大部分都用来资助家境贫寒的学生出国深造。在晚年，其题画诗云：“平生不入三王派，家法微微出苦瓜。我意独饶山水味，何须攻苦学名家？”虽然“内行之笃，执教之严”是他的一贯教子风格，但仍是“可怜天下父母心”“父母爱子，匪所不至”“一分一寸，无不着意”。

传承人：林琮

他是林纾寄予厚望、最喜欢的儿子，林纾曾道：“胸中有千言万语，见汝时爱极，防说之不尽，故时时书一两纸示汝。”在林纾的心里，年轻的儿子林琮仿佛可以继承他的事业。林纾遗言：“琮子古文，万不可释手，将来必为世宝贵。”只是，语语真挚，却挡不住命运捉弄，林琮三十四岁早逝，终未完成父亲寄望。

字谕琮儿知之：

天下最难之事为收放心，而最易之事，则为提醒精神。精神一提醒，则后来艰难之状，历历布在眼前，放心不敛则自敛矣。凡血气未定之人，容易为人诱骗。你之朋友亦不是有心陷害，不过同是青年之人，阅历不深，毫无后顾之忧，一日畅快便过了一日，不知不觉将堂堂岁月积渐抛荒。一日抛荒，便种一月一年之根株。心情渐渐疏懒，以为凡事都有明日，不知不觉明日便失之今日，逐日如此，不知不觉又度一月。月不过三十日，试问一年有几个三十日？岂不可惜！而翁今年七十有二，未尝一日偷闲，正以来日无多，格外秘惜。汝年仅二十，如能如我勤勉，将来岂复可量。譬如商家，我之资本无多，能俭能勤，亦足支撑过日。汝年富力强，本钱充足，更能勤俭，发财便无限量。须知为人必先苦而后甜，不宜先甜而后苦。我在一日，汝便有一日之安饱，此不是甜境，是未来之苦境。汝若昧昧视为甜境，则苦境之来，正算不到是何时日。吾为汝计，方汲汲顾景，汝反偷闲往观电影，有何益处？不是作骗，就是狙劫，至侦探等等，全是教人为恶，毫无阅历之可言，观之殊损眼光。汝言夜间睡不着，必是课后与同学闲谈，不能就枕，率性出塾游玩，此即不能收敛放心处。放心一萌，则眼前便起一道愚云，将一身事业全行遮蔽。如道士炼丹，时时着魔，令汝七颠八倒，你当早早回头，习一静字，便是安心之法。由静生明，由明看到家境，则志气奋发矣。勉之勉之。

癸亥四月二日父字

此书留观，不可抛弃

导读

采选关键词：不辞辛劳；旷世奇才；坚持不懈；文化矛盾

林纾（1852—1924），福州人，字琴南，号畏庐，举人出身。中国近代文学家，同时又是一位富有传奇色彩的翻译家。他不懂外语，却译著等身；他脾气躁烈，却真诚待人，可以为朋友两肋插刀；他不信鬼神，却在父母病危时，烧香拜佛；他信守传统道德，却又尊重女权；他支持变法，却对义和团行动表示不理解，甚至不对辛亥革命抱有希望。而林纾，这个一生充满矛盾的文人，恰恰与那个在乱世中挣扎的林氏家族以及在黑暗中发展的中国社会有着千丝万缕的关系。

时间回溯

七考进士　终身不仕

咸丰年间的福州城，大街上行人来来往往，既有穿着长袍马褂、拖着长辫的百姓，也有拄着文明棍、金发碧眼的洋人。

咸丰二年（1852），正值太平军围攻长沙之时，战火纷飞，各省官绅豪富闻风丧胆。林纾就出生在这个动乱的年代。

此时年幼的林纾由于家境贫寒被寄养在外祖母家里。实际上林纾母亲的家族陈家在明代是显宦，尽管后来没落，但也算是书香门第。所以在知书明理的外祖母的教育下，林纾也养成了爱读书的习惯。

林纾五岁读书，七岁入私塾，十一岁开始跟着一位叫薛锡极的老师学习古文。薛氏在福州也算得上是名门望族，但薛锡极生性旷达，不为官爵利禄所动。有了这位老师，林纾阅读古诗文的兴趣倍增。从十一岁至十六岁，林纾竟然收藏了三个书橱的书籍，二十岁之后，就已经校阅了不下3000卷的残破古籍。

林纾故居

同处于时代洪流中的其他读书人一样，面对社会的残酷现实，林纾选择了通过科举来实现自己的抱负。光绪五年(1879)，林纾因为八股文写得好，顺利进入了县学，三年后又考中举人。此时的林纾一心希望通过科举报效祖国，于是他不辞辛苦，虽然已过了而立之年，依旧七次上京参加礼部会试。但是，“七上春官，屡试屡败”，于是他放弃了科考，那时的林纾已经四十六岁。

闽江·译《茶花女》声名大噪

光绪二十三年（1897）二月，与林纾相伴28年的夫人刘琼姿病故。

林纾与王寿昌等几位朋友泛舟江上，此刻风景宜人，可心境不佳的林纾依然郁郁寡欢。在和朋友聊天时，留法归来的王寿昌（号晚斋主人）讲到法国作家小仲马《茶花女》的故事。中年丧妻的林纾感慨万千，似有所思。

之后，在闽江的小船上经常可以看到这样一幅景致：一边王寿昌手捧原著口述，另一边林纾展纸挥毫。林纾文思敏捷，只见王昌寿刚说完一句，他就已写好一句。一天4个小时下来，记下的文字就已经有6000多字。这就相当于一个小时1500字，可以算一下，人的正常写字速度是一分钟三四十字，但林纾平均下来一分钟有 25 字以上，而且他还要翻译成文言文，其写字速度之快、思维反应之快可以想象。

二人合作不到半年时间，此书全部译完，书名为《巴黎茶花女遗事》。自出版发行后，大受欢迎，“一时洛阳纸贵，风行海内”。严复《甲辰出都呈同里诸公》诗赞：

> 孤山处士音琅琅，皂袍演说常登堂。
> 可怜一卷茶花女，断尽支那荡子肠。

几个月后，上海就出现了铅字翻印本，之后又不断再版。自此，林纾译书一发不可收拾，先后译出世界 10 多个国家近百名作家的 180 多部作品，刊行 150 多部。

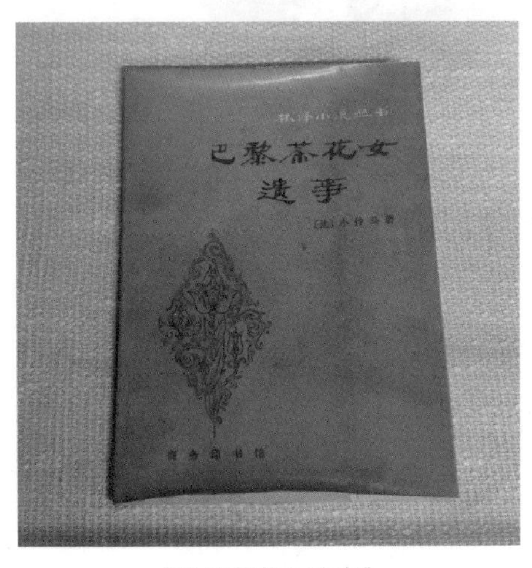

《巴黎茶花女遗事》

郭沫若最初读到的西洋小说就是林纾译的《迦茵小传》，“林纾在历史上的地位是不可抹杀的，林纾翻译的小说，是我最嗜好的一种读物”。不仅如此，鲁迅在日本时，只要林纾译印出一部，就要跑到书店买回来，看过之后，还拿到订书店去，为了收藏改装硬纸板书面。

林纾不懂外文，翻译时全靠别人口述，他再根据意思用文言文写下来，实属翻译界罕见。因为文学功底深厚，所以译书很快，往往口译者话音刚落，他就已经写好了译文。勤奋的他，年年有译著出版，甚至把外国剧本译为小说，最多时一年曾出版 16 部。到他逝世时，共翻译了 180 多部书，其中 40 多部世界名著。他翻译了包括英、法、俄、日、西班牙等十几个语种的作品。林纾翻译小说对当时的文坛有相当大的影响，也在客观上对五四新文化运动的开展产生了积极的作用。

晚清遗老的矛盾性

民国文学史从 1912 年算起，到 1918 年鲁迅的第一篇现代体式白话小说《狂人日记》问世，在这期间留下了整整 7 年的空白，而这 7 年，恰好就是林纾领导文坛的时期，是他在这个时期将西方文化引入了中国，但这个“引入者”却是充满矛盾的。

袁世凯把持的“共和”政权在北京出世之后，宣统皇帝虽然“逊位”了，但仍然安住在紫禁城内，一切照旧。由于民国是清室“让政”的产物，因此革命后那些表示赞同“共和”的立宪派们也就无须与清室划清界限。

同样，林纾也安心做一名“共和之老民”，但由于辛亥革命后政局的黑暗和腐败，林纾开始对“共和”失去信心。

于是，作为遗老，林纾又转而开始拥护“皇家”。直到1920年，国内军阀混战，致使皇室的财政经费不能得到保证，林纾，一个“共和之老民”就这样做了“前清遗老”。

1923年，就在林纾沉浸于写书作画的惬意中时，中国第一部白话小说集《呐喊》出版了。林纾一听白话小说集出版，很是不开心，他想到白话文将取代文言文，古文行将灭亡，真是可悲！这天，林纾从白天哭到深夜：“呜呼！吾国四千余年的文化教泽，被乃以数年烬之。丧权丧地，丧天下之膏髓。”

也就是在这一年，林纾写下了这封给儿子林琮的信。

1924年10月8日，林纾自觉生命将不久矣，于是，拼尽全力在林琮手上写道：“古文万无灭亡之理，其勿怠尔修。”

品读有感

他不但是我国著名的古文家，还是以古文翻译外国小说的第一人。林纾一生怀着读书人的傲气，维护古文的地位，体现出了倔强而直率的“狂者”本性。他是中国传统古文的最后一位集大成者，就民国时期而言，他在古文界的地位与名声可以说是至高无上的，他的书画作品也极富艺术水准，被人称为“诗书画”三绝。尽管他的思想复杂，充满矛盾性，但他能够选择在这样的名利之下，抛弃所有的浮华，果断舍弃功名利禄，这样的淡然，令人感叹。而今，被认为是中国近代文坛的开山祖师及译界泰斗的他，依旧值得我们尊敬。

扫描收听本章音频（林纾篇）

感悟

感悟

报国忠义心

立训人：诸葛亮

“卧龙凤雏，二人得一可安天下”，背负着这一句谶语，“卧龙”诸葛亮从隆中出山。火烧新野、计取荆南，他辅佐刘备相继取得了荆州、益州，建立了蜀汉帝国。夷陵的一把火，烧掉了蜀国数万大军，也烧掉了刘备的野心，烧掉了诸葛亮半生的心血。好在诸葛亮没有气馁，他“秉忠贞之志，守谦退之节”，扶持着摇摇欲坠的蜀国继续前行，七擒孟获、六出祁山，为蜀国做了自己能做的一切，最终病逝在五丈原。

传承人：诸葛瞻

诸葛瞻是诸葛亮唯一的儿子，可能是父亲身上的光芒太过耀眼，让人们忽略了他其实也算得上是一个大丈夫。诸葛亮在诸葛瞻年仅八岁的时候便于五丈原病逝，只给诸葛瞻留下了一封千古流芳的《诫子书》。这封书信的力量和父亲的榜样，让年幼的诸葛瞻自小志向远大。他从军中基层做起，最后升至诸葛亮曾经担任的军师将军一职，在蜀汉存亡一战中，诸葛瞻死守不退，战死绵竹。虽然他能力不显，但能继承父亲的报国之心，传承诸葛亮的忠贞精神，无愧于“淡泊明志，宁静致远”的家训。

夫君子之行，静以修身，俭以养德。非淡泊无以明志，非宁静无以致远。夫学须静也，才须学也。非学无以广才，非志无以成学。淫慢则不能励精，险躁则不能冶性。年与时驰，意与日去，遂成枯落，多不接世，悲守穷庐，将复何及！

译文

君子的行为操守，从宁静中提高自身的修养，在节俭中培养自己的品德。不恬静寡欲无法明确自己的志向，不排除外来干扰无法达到远大目标。学习必须静心专一，而才干来自学习。所以不学习就无法增长才干，没有志向就无法使学习有所成就。放纵懒散就无法振奋精神，急躁冒险就不能陶冶性情。年华随时光而飞驰，意志随岁月而流逝。最终枯败零落，大多不知世事，不能为社会所用，只能悲哀地坐守着那穷困的居舍，到时悔恨又怎么来得及？

导读

采选关键词：淡泊明志；宁静致远；父子之情；忠义传承

诸葛亮，千百年来，这三个字已经不仅仅是一个名字，更是国民心中智慧的化身。“功盖三分国，名成八阵图”，诸葛亮的智慧让所有人都为之钦佩，就连鲁迅先生都赞叹：“状诸葛亮多智而近妖”。从三顾茅庐到舌战群儒，从东联孙吴到西定巴蜀，直至最后病逝五丈原，诸葛亮这一生都在为蜀国忙碌奔波，“鞠躬尽瘁，死而后已”便是他一生最真实的写照。

诸葛亮（181—234），字孔明，号卧龙，徐州琅琊（今山东临沂）人，早年随叔父诸葛玄到荆州，诸葛玄死后，诸葛亮在襄阳隆中隐居。后刘备三顾茅庐请诸葛亮出山，联孙抗曹，于赤壁之战大败曹军。之后辅佐刘备相继夺得荆州、益州，为蜀汉政权的建立奠定了基础。

蜀建兴十二年（234），诸葛亮积劳成疾，病逝于五丈原，享年五十四岁。他在死之前放心不下的除了北伐大业，还有自己年仅八岁的儿子诸葛瞻，于是给他留下了这封流芳千古的《诫子书》。

时间回溯

卧龙岗·三顾茅庐卧龙出

公元207年冬，隆中卧龙岗迎来三位客人。为首的一位身长七尺五寸，两耳垂肩，双手过膝；居左的一位身长九尺，髯长二尺，面如重枣，唇若涂脂，丹凤眼，卧蚕眉；居右的一位身长八尺，豹头环眼，燕颔虎须。正是当年虎牢关战吕布的“三英”——刘备、关羽、张飞。

这三位现如今被荆州牧刘表委派至新野，以抵御北方强大

的曹操。三人空有一身勇武，却无智谋之士指点，一直寄人篱下。刘备想要改变这种局面，于是四处寻找名士贤臣辅佐，之前得到了一个徐庶，可是马上便被曹操使计诓走了。幸得徐庶临行之前为刘备推荐了号称“卧龙”的诸葛亮，不然刘备就真的无路可走了。

当时已是寒冬时节，天空洋洋洒洒飘起了零星的雪花，这丝毫没有动摇刘备的诚心。他带着面色不愉的关、张，来到了卧龙岗上的茅屋，入门便看到一个青年在房中读书。刘备以为这个青年便是卧龙先生，急忙上前交谈。这个青年名叫诸葛均，是卧龙先生诸葛亮的弟弟，诸葛亮现在外出访友未归，所以刘备此次拜访注定要无功而返。

刘备第一次来访时，诸葛亮外出游历，这一次来访，诸葛亮又不在。关羽、张飞二人认为这位卧龙先生是故意躲着他们，心中的不满早已写在脸上。唯有刘备仍是一脸和气，先向诸葛均要来笔墨给诸葛亮留下书信，约定日后再来拜访，然后与诸葛均告别，三人牵着马消失在漫天风雪中。

刘备的一番诚意没有白费，诸葛亮回家之后，诸葛均马上将这个消息传达给刘备。刘备立刻三顾茅庐，他的诚意打动了诸葛亮，最终在卧龙岗见到了卧龙先生真颜。诸葛亮献上了《隆中对》，为刘备制定了今后的战略，并决定辅佐刘备匡扶大汉。

白帝城·昭烈崩殂事托孤

春去秋来，转眼间便到了公元223年。这一年，刘备在白帝城病重，急忙召远在成都的诸葛亮前来。卧榻不起的刘备看着诸葛亮风尘仆仆地赶来，满脸病容的他露出了懊悔的神色，他后悔自己不听诸葛亮劝谏，后悔自己轻敌中了陆逊的计策，更后悔自己葬送了三足鼎立的大好局面。

如今自己命不久矣，整个蜀汉以后就要托付给诸葛亮了。刘备告诉诸葛亮，如果自己的儿子刘禅可以辅佐，你便辅佐他；如果刘禅没有才干，那你就可以取而代之。刘备并非是试探，而是诚心诚意地将身后事托付给诸葛亮，他深知蜀国的薄弱，如果没有大能力者是不可能担负起这个重担的。但是诸葛亮心怀忠义，他只能感激涕零地表示，自己这辈子必将“鞠躬尽瘁，死而后已”。就这样，诸葛亮从刘备身上接下了匡扶汉室的重担。

当时的蜀国自从在夷陵大败之后，国力已经大不如前。国土从原本的横跨荆、益，变成了现在的只剩益州。将领士兵更是在夷陵之战中死的死，降的降，如今的蜀军只能龟缩在蜀地默默舔舐伤口。魏、吴两国皆看到了蜀国的虚弱，于是在刘备去世后，魏国组织五路大军攻讨蜀国，这便是诸葛亮面临的第一个难题。

诸葛亮派赵云北至阳平关抵御曹真，派马超西至西平关以拒羌胡，派魏延南下以御南蛮，派李严东至上庸对峙孟达，派邓芝出使东吴与之修好。就这样，蜀国在诸葛亮的治理下渐渐平静了下来。

然而这只是诸葛亮的第一步，他的最终目标仍然是北伐中原，完成先主刘备的遗志，以报曾经的三顾之恩。为此，他深入不毛之地，七擒孟获，平定了蜀国的后方，然后开始六出祁山。

五丈原·秋风萧萧将星落

公元 234 年，诸葛亮率大军出斜谷道，再度北伐中原，同时派遣使者到东吴，邀孙权共同攻打魏国。魏将郭淮看出诸葛亮要攻打北原，于是率先屯兵北原，击退来犯的蜀军。

诸葛亮考虑到前几次北伐都是因为运粮不继，导致功败垂成，所以并没有着急进军，而是在渭、滨之间屯田养民，自己率领大军驻扎在五丈原与魏军对峙。军营大帐中，诸葛亮每日早起晚睡处理事务，甚至就连二十杖责罚的小事，都要亲自过问。因为事务繁忙，诸葛亮每天所吃的饭食不到几升，一连数月皆是如此。

魏军大帐中，司马懿听到这个消息之后面露喜色，帐下左右有些不解，便开口询问，司马懿也没多做隐瞒，对部下说：“诸葛孔明进食少而事务烦，他还能活多久呢！”

事情果然如司马懿预料的一般，同年 8 月，诸葛亮因过于操劳而重病缠身。蜀帝刘禅急忙派使者李福前去询问国家大事，诸葛亮自知时日无多，便举荐了蒋琬、费祎。同时还给自己远在成都的儿子诸葛瞻写下了《诫子书》，希望儿子能够长大成才，为国尽忠。

诸葛瞻，是诸葛亮老年所得的，同时也是唯一的亲生儿子。诸葛亮去世前，曾经给自己的兄长诸葛瑾写过一封信，上面就谈到儿子诸葛瞻年少聪慧可爱，只是担心过早成熟，将来成不了大器。所以在临终前写下《诫子书》，希望儿子能够按照信中的教导成长。

那一年，诸葛瞻八岁，只是一个懵懂的孩童。他在成都的诸葛府接到了父亲的来信，虽然当时对信的内容不甚理解，但还是小心地收起那封信,因为这是他的父亲送给他的最后一件礼物。

公元 243 年，诸葛瞻十七岁，娶蜀汉公主为妻，被授予骑都尉一职，从此正式走上仕途。诸葛瞻始终遵循诸葛亮的教导，不轻浮，不急躁，同时保持时刻学习的态度，从低级军官做起，一直升到他父亲曾担任过的军师将军。

绵竹关·满门忠烈传千古

公元 263 年，魏将邓艾率军偷渡阴平，突至涪城，诸葛瞻率军迎战。绵竹关内，诸葛瞻与一众将领商讨如何御敌，这时有士兵来报，邓艾派遣使者前来。诸葛瞻命人将那使者带进来，想看邓艾究竟有何图谋，使者将邓艾写的劝降书交与诸葛瞻，并声称：“若是投降，邓艾将军可上表封你为琅琊王。”诸葛瞻勃然大怒，撕碎书信，拔剑斩杀来使，集结军队与邓艾交战。

邓艾久经战阵，诸葛瞻自然不敌，军队大败，但诸葛瞻没有后退，他选择了战死在阵前，时年三十七岁。诸葛瞻的儿子诸葛尚，见到父亲战死，同样没有退缩，他带领残军冲入魏军阵中，左右冲杀，最终寡不敌众，血洒疆场，时年十九岁。

诸葛亮虽然早已身死，但他的《诫子书》却烙在了诸葛瞻父子的心中。邓艾也为这对父子的忠义所感动，命人将他们合葬。时至今日，四川绵竹仍保留有祭奠诸葛瞻父子的“双忠祠”。

晋武帝司马炎曾对诸葛瞻评价：“诸葛亮在蜀，尽其心力，其子瞻临难而死义，天下之善一也！”后世文学批评家毛宗岗更是对诸葛瞻父子二人诸多赞誉：“诸葛瞻父子受命于大事既去之后，而能以一死报社稷。君子曰：武侯于是乎不死。盖战死绵竹之心，亦秋风五丈原之心也。使当日甘心降魏以图苟全，则于‘鞠躬尽瘁，死而后已’之家训，不其有愧乎？故瞻、尚亡则武侯存。”

诸葛瞻的另一个儿子诸葛京，因为年纪小，不够从军年龄，得以存活。公元 264 年全家迁徙至河东，初始时任郿县县令，后因治理有功，被西晋尚书仆射山涛举荐，升迁至江州刺史。

品读有感

邓小平曾说，“刘备是儿子坏孙子好，诸葛亮是三代都好”，诚挚赞扬了诸葛亮满门英烈，对诸葛亮教育子孙的方法也给予了高度评价。而诸葛亮子孙的这种表现，也是给诸葛家再添荣誉，这可以说是诸葛亮教子有方的结果。

诸葛亮的一生，功业是其次，德行才是首位。如曹操，如司马懿，虽然在功业上取得了成功，可是身后之名却被世人所不齿。功业其实是过眼云烟，唯有德行才可以经久流传，可以与日月争辉。所以诸葛亮对子孙的教育，也是将德行放在了首位。

“淡泊明志，宁静致远”，这流芳千古的名言，便是诸葛亮教子的核心内容，时至今日也并不过时。

扫描收听本章音频（诸葛亮篇）

感悟

感悟

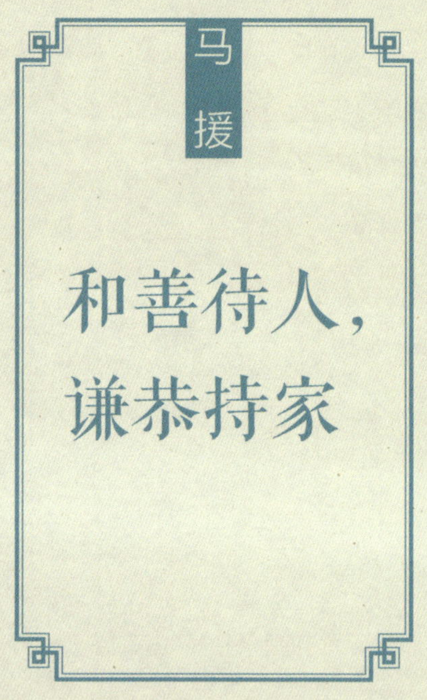

马援

和善待人，谦恭持家

立训人：马援

关于伏波将军马援，大多数人都是因为三国时期蜀汉五虎将之一的马超才对其有所了解。其实马援在史学家的眼中，名声可比马超大多了。马援位列武庙七十二将之一，“马革裹尸”一词便来自他的经历。马援是一个纯粹的武将，他的一生都是在东征西讨中度过的，最后战死沙场，马革裹尸而还。

传承人：明德马皇后

明德马皇后是马援的小女儿，是汉明帝刘庄的皇后。在她入宫的时候，刘庄还只是太子，她谨记马援的教诲，谦恭和顺，对太子的母亲阴皇后孝顺体贴，对其他妃嫔诚挚热情，宫中无人不对她称赞。待到登临后位之后，更是俭朴自奉、拒封外戚，因此深得明帝的喜爱。明德马皇后还是中国第一位女史学家，著有《显宗起居注》一书，开创了“起居注”这一史书体例之先声。

吾欲汝曹闻人过失，如闻父母之名：耳可得闻，口不可得言也。好议论人长短，妄是非正法，此吾所大恶也；宁死，不愿闻子孙有此行也。汝曹知吾恶之甚矣，所以复言者，施衿结缡，申父母之戒，欲使汝曹不忘之耳！

龙伯高敦厚周慎，口无择言，谦约节俭，廉公有威。吾爱之重之，愿汝曹效之。杜季良豪侠好义，忧人之忧，乐人之乐，清浊无所失。父丧致客，数郡毕至。吾爱之重之，不愿汝曹效也。效伯高不得，犹为谨敕之士，所谓“刻鹄不成尚类鹜”者也。效季良不得，陷为天下轻薄子，所谓“画虎不成反类狗”者也。讫今季良尚未可知，郡将下车辄切齿，州郡以为言，吾常为寒心，是以不愿子孙效也。

译文

我希望你们听到了别人的过失，就像是听见了父母的名字：耳朵可以听见，但嘴中不可以多加议论。喜欢议论别人的长处和短处，胡乱评论朝廷的法度的是非，这些都是我深恶痛绝的。我宁可死，也不希望自己的子孙有这种行为。你们知道我非常厌恶这种行为，这是我一再强调的原因。就像女儿在出嫁前，父母一再告诫的一样，就是希望你们不要忘记啊。

龙伯高这个人敦厚诚实，说的话没有什么可以让人指责的。谦约节俭，清廉又不失威严。我爱护他，敬重他，希望你们向他学习。杜季良这个人是个豪侠，很有正义感，常把别人的忧愁作为自己的忧愁，把别人的快乐作为自己的快乐，无论好的人坏的人都结交。他的父亲去世时，来了很多人。我爱护他，敬重他，但不希望你们向他学习。因为学习龙伯高不成功，还可以成为谨慎谦虚的人，正所谓"雕刻鸿鹄不成可以像一只鹜"。一旦你们学习杜季良不成功，那就成了不重视行为品德的轻薄少年，正所谓"画虎不像反像狗了"。到现今杜季良还不知晓，郡里的将领们到任后就咬牙切齿地恨他，州郡内的百姓对他的意见很大。我时常替他寒心，这就是我不希望子孙向他学习的原因。

导读

采选关键词：伏波将军；俭朴自奉；待人和善

马援（前14—49），字文渊，扶风茂陵（今陕西兴平）人。西汉末年至东汉初年著名军事家，东汉开国功臣之一。马援原为陇右军阀隗嚣的属下，后归顺光武帝刘秀，为刘秀统一天下立下了赫赫战功。天下统一之后，马援虽已年迈，但仍请缨东征西讨，西破羌人，南征交趾，官至伏波将军，被人尊称为“马伏波”。其老当益壮、马革裹尸的气概甚得后人的崇敬。

马援并非是大字不识一个的莽撞武夫，而是一个有勇有谋的常胜将军。他不仅极具军事才能，在治家方面也同样颇有建树。其中最为人津津乐道的便是《诫兄子严敦书》，“画虎不成反类狗”便是出自此文。他的女儿在他的教育下，谦恭和顺，贤良淑德，成为一代贤后，死后谥号明德。

时间回溯

洛阳·慧眼识明主

公元28年，光武帝刘秀已经继位四年，天下基本都已经平定，仅有蜀中公孙述仍在负隅顽抗。西州大将军隗嚣却有些举棋不定，他不知道到底该投降刘秀还是与公孙述联盟对抗刘秀，所以派遣手下大将马援前往两地一探虚实。

马援与公孙述是同乡，于是先去拜访公孙述，却发现公孙述早已没了当年的英雄气魄，在接见马援的时候，公孙述令近卫手持大戟护卫左右，生怕马援会行刺客之举，刺杀于他。马援回来之后便向隗嚣禀报了此次的所见所闻，并称公孙述只是一个井底之蛙，不值得浪费精力。

之后隗嚣又派马援前往洛阳,去看刘秀到底是个怎样的人。光武帝刘秀在洛阳宣德殿中接见了马援，并和马援相谈甚欢。君择臣，臣亦择主，通过两次出访的比较，马援认定刘秀强过公孙述太多。在那之后，马援跟随刘秀到了黎丘，又一同去了东海。在这两次巡视中，马援见识了刘秀治下的民生与军力，更加认定光武帝刘秀是一个优秀的君王。

待到马援回到西州,隗嚣急忙问他在刘秀那里探得的消息，并问刘秀比之西汉开国皇帝刘邦如何。马援不急不慢地讲述了自己一路的所见所闻，并说刘秀不如刘邦。刘邦上天入地无所不能为，而光武帝刘秀喜爱政事，处理政务能恰如其分，同时还不喜欢饮酒。

听闻马援这样说，隗嚣感觉刘秀能力远超汉高祖刘邦，于是急忙派遣长子隗恂到京师做人质，以示臣服。马援随之一起前往洛阳，并正式归顺刘秀，开始了他的戎马生涯。

交趾·家书教子侄

马援一生北征乌桓，南讨交趾，大多数时间都在军旅中度过。但他时刻关注着自己的家庭，关注着子侄的成长，生怕他们误入歧途。

公元 41 年，交趾出现叛乱，马援奉命平乱。马援带领军队沿海开进，随山开路，长驱直入千余里，与乱贼数次交锋，皆取得了胜利。这个时候，一封来自洛阳的书信进入了军营之中。

原来，在马援出征之前，就交代家人与自己保持书信往来，家中如果有事一定要及时告诉他。马援拆开这封家书，里面多是些家长里短，但是有一条吸引了马援的目光。他的侄子马严和马敦两个人最近常常讥评时政，结交侠客。看似平淡无奇的家书，马援却看到了危机。

由于兄长马余早早离世，马援对马严、马敦这两个侄子视如己出，如果一旦遇到什么危机，他如何向九泉之下的兄长交代？于是马援急忙写下家书一封，命人尽快交到两位侄子手中。

在文章开头，他直接点明自己的观点，自己不喜欢家族中人议论别人长短。然后通过剖析当世贤良的作为，让侄子们明白得失，明白自己对他们的殷殷期盼。其中“刻鹄不成尚类鹜”“画虎不成反类狗”的比喻，更是发人深省，成为传颂千

古的警句。

马援的一番苦心没有白费，他的两位侄子在他的教育之下都成为了人才。三辅之中的人说起马严、马敦二人的义行，都称其为“钜下二卿”。更有意思的是，这封家书不仅仅教育了子侄，还救了马援一命。

越骑司马杜季良曾经以马援侄子“行为轻薄，乱群惑众”为由来诬告马援，梁松、窦固二人是杜季良的朋友，也上书诬告马援。光武帝拿出马援所写的诫侄书来给他们看，梁松、窦固吓得叩头流血不止。梁松、窦固因此免受责罚，杜季良则被免除官职。

洛阳·明德马皇后

在马援的后世子孙中，深得马援喜爱的便是他的小女儿，也就是汉明帝的明德马皇后。她的名字已经失载，但她的贤良淑德折服了皇帝与群臣，谥号“明德”便是最好的明证。

明德马皇后十三岁进太子宫。这个时候马援已经病逝，并且受到了梁松等人的诬陷，被剥夺爵位，家人的处境也是极为不妙。马援的这个小女儿进宫之后便负责侍奉皇后阴丽华，因为谦逊和善，上上下下和她的关系都处得极好。她还能妥善处理宫中内务，因此深得太子刘庄喜爱。

公元 60 年，汉明帝刘庄已经继位三年。负责礼仪的官员上奏皇帝，想要确定皇后的人选，汉明帝没有表示。于是那官员又前去请教皇太后阴丽华，阴丽华喜欢这个曾经侍奉过自己的马氏，于是便说："马贵人的德行在后宫当中是数第一的，就立她吧。"

成为皇后的马氏为人处世更加谨慎谦逊，这些一是来自她的父亲对她的教导，二是她父亲马援的前车之鉴就在眼前。就是因为一些鸡毛蒜皮的小事，梁松便与马援结下仇怨，导致马援身死之后爵位被剥夺，就连家人也受到牵连，落得一个凄惨的境地。

马皇后不仅性格讨喜，在政治方面也极具见识。当时的朝堂上，公卿大臣们总是因为意见不同而争论不休，很多时候汉明帝也被这些大臣吵得头昏脑涨，难以抉择。有一次下朝之后，马皇后见明帝面有不豫，便上前询问，汉明帝将朝堂上大臣们争论不休的事说给她听。马皇后细细为明帝分析其中道理，让明帝迅速看透事情背后隐藏的真实情况，从而做出正确决断。从那之后，汉明帝每每遇到不能抉择之事，便会与马皇后商讨，也正是因为如此，汉明帝对她的宠爱和尊敬日益加深，始终不衰。

马皇后是汉章帝的养母，在汉章帝继位之后，马皇后被尊称为皇太后。这不仅仅是因为多年的养育之恩，更重要的是皇太后一直在维护汉室的威严。当时汉章帝想要将皇太后的三位兄弟封为外戚，却被皇太后拒绝。自从王莽篡汉之后，不仅是士族，就连皇室也对外戚带有一种天然的警惕。一旦被封为外戚，整个家族将会被士族完全抛弃，甚至还会影响皇太后自己在宫中的安全。因此，皇太后代替自己的兄弟拒绝了汉章帝的封赏。

除此之外，皇太后对自己的亲族要求也极为严格。亲族之中有以品行高尚闻名的，她便好言褒奖，赏赐给这些亲族财物官位。如果有人犯了过错，她便会怒斥这些人，给他们应有的责罚。而对于那些整天坐着豪车、锦衣而行却品行不堪的亲族，她会与其断绝亲属关系，遣返这些亲族回乡下种田。因此，汉章帝极其尊重自己的这位养母，时常与她谈论国家政事，并且让她教授诸位小皇子，给他们论说经书。

建初四年（79）六月三十日，太后逝世，终年四十余岁，谥号明德，最终与汉明帝合葬在显节陵。

品读有感

汉代士人经历战乱之后，更加清醒地认识到生存环境的险恶。因此他们时刻保持着谦虚谨慎的态度以求保全自我，从而保证家族的延续和发展。他们不仅会对自己严苛要求，更会对子孙强调修身养德的重要性。

就马援本身而言，他失败了。他虽然找到了明主，为这个国家马革裹尸，奉献自己以求保全家族，但最终还是出现了疏漏。因为一些琐事得罪了小人，导致自己蒙受冤屈，一度将家族推到了危险的境地。

但是马援的女儿成功了。她牢记马援的教诲，一步步将马氏家族从悬崖边上拉了回来。她还将马援给她的教诲传承了下去，不仅严于律己，更是严格要求自己的亲族子侄。正因如此，在东汉中期，马氏的后世子孙中出现了马融这种名震一时的大儒。在东汉末年还有位列三公的马日磾以及能征惯战的马腾、马超父子。也难怪《续列女传》称赞她为“在家则可为众女师范，在国则可为母后表仪”。

扫描收听本章音频（马援篇）

感悟

感悟

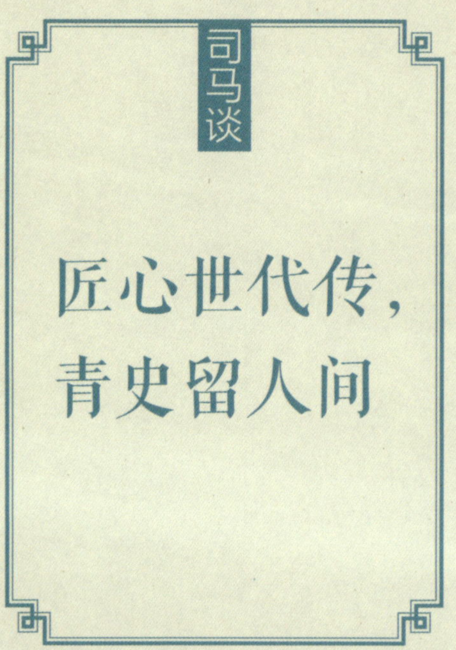

司马谈

匠心世代传，青史留人间

立训人：司马谈

说起历史，总是绕不开《史记》；提到《史记》，后人总会第一时间想到司马迁。其实，《史记》并非是司马迁一人的心血，而是他与父亲司马谈两人的智慧结晶。司马氏的先祖在夏朝是掌管天文工作的天官，在周朝是负责编史的太史，这些官职都是他们家族世代相传的。然而经历了春秋战国的战乱，司马家族开始衰败，到了司马谈这一代，史官文化家学实已不传。他立志重振家学，学习天官、易、道，编写《天官书》《论六家要旨》，更是培养出了司马迁这一名垂青史的继承人。

传承人：司马迁

他是司马谈的儿子，在那个士可杀不可辱的年代，司马迁身受腐刑，却选择了忍辱偷生。当时人人皆讥讽司马迁是个贪生怕死的小人，却无人知晓他深埋心中的宏愿。司马迁无视世人的白眼，凭借坚毅的意志挺了过来，编写了被鲁迅称为“史家之绝唱，无韵之离骚”的鸿篇巨著——《史记》。他没有辜负父亲的教诲，完成了父亲复兴家学的遗愿，成为了千古无二的史学大家。

原文节选

予先，周室之太史也。自上世尝显功名虞、夏，典天官事。后世中衰，绝于予乎？汝复为太史，则续吾祖矣。

今天子接千岁之统，封泰山，而予不得从行，是命也夫！命也夫！

予死，尔必为太史；为太史，毋忘吾所欲论著矣。且夫孝，始于事亲，中于事君，终于立身；扬名于后世，以显父母，此孝之大也。夫天下称周公，言其能论歌文、武之德，宣周、召之风，达大王、王季思虑，爰及公刘，以尊后稷也。幽、厉之后，王道缺，礼乐衰，孔子修旧起废，论《诗》《书》，作《春秋》，则学者至今则之。自获麟以来四百有余岁，而诸侯相兼，史记放绝。

今汉兴，海内一统，明主贤君，忠臣义士，予为太史而不论载，废天下之文，予甚惧焉，尔其念哉！

译文

我们的祖先，是周朝的太史。远在上古虞舜、夏禹时就取得过显赫的功名，主管天文工作。后来衰落了，难道要断送在我这里吗？你继为太史，就可以接续我们祖先的事业了。

如今天子继承汉朝千年的大统，到泰山封禅，而我不得从行，这是命中注定的啊！

我死以后，你一定要做太史；做了太史，你千万不要忘记我要撰写的著作啊。况且孝，是从侍奉双亲开始的，经过侍奉君主，最终能够在社会上立足，扬名于后世，光耀父母，这是孝中最主要的。天下称颂周公，是说他能够歌颂周文王、武王的功德，宣扬周公、召公的遗风，使人懂得周太王、王季的思想以及公刘的功业，以使始祖后稷受到尊崇。周幽王、厉王以后，王道衰落，礼乐崩坏，孔子研究、整理旧有的文献典籍，振兴被废弃了的王道和礼乐。整理《诗》《书》，著作《春秋》，直到今天，学者们仍以此为法则。从鲁哀公获麟到现在四百多年了，其间由于诸侯兼并混战，史书丢散、记载中断。

如今汉朝兴起，海内统一，贤明的君主、忠义的臣子事迹，我作为太史而不予记载，中断了国家的历史文献，对此我感到十分不安，你可要记在心里啊！

导读

采选关键词：史记；天官学；百折不挠；匠心传承

说起司马迁，如果不谈及司马谈，那就好似无源之水、无本之木，必然不得其要领。司马谈是一个杰出的天文学家和历史学家，他不仅是《史记》编写的发起人，更为重要的是培养出了司马迁这一位优秀的传承人，奠定了他在中国史学文化中伟大历史人物的地位。

司马谈（约前165—前110），左冯翊夏阳（今陕西韩城南）人。是汉朝的五大夫，汉武帝时期担任太史令一职，所以也被称为太史公。他曾学天官于唐都，受易于杨何，习道论于黄子。为了重振史家绝学，司马谈不仅付出了毕生的精力，而且还练就了超人的毅力。

司马谈在弥留之际，仍然不忘自己心中的理想，他希望司马迁断绝仕官之想，一定要继承太史令一职。他教导司马迁要发扬祖德，克尽孝道，继承自己身上肩负的修史之任。

时间回溯

长安·不耻下问习天官

建元元年（前140），年纪轻轻的汉武帝刚刚继承帝位不久，便开始向天下展现他的雄才大略。为了自己的雄图霸业，他下令征辟天下能人异士，这其中便有司马谈与唐都。

这一天，身为太史令的司马谈来到了太卜官署，太卜担负着卜筮、祭祀的职责。太史、太卜虽然同为九卿之一的太常的属官，但是彼此之间并无太深的交集。司马谈的前来自然引起了太卜令的关注，但是司马谈此次前来并非来拜访太卜令，而是拜访太卜令的属官星占。

这位星占便是唐都，是当时天下闻名的星占家，精通星占和历法，所以被朝廷征辟为太卜属官。司马谈此次拜访的目的是学习唐都所精通的天官学。司马谈的先祖在夏朝是世代相传的天官，但是经历春秋战国的战乱，他们家族关于天官学的传承早已断绝。司马谈立志想要振兴天官学，于是不耻下问前来求学。

唐都不仅官职低于司马谈，也比其年轻，但是学问之道，达者为先，秉持着不耻下问的态度，司马谈还是诚心前来拜访。虽然前有孔夫子不耻下问，学于项橐，但是真正能做到这种求学态度的又有几人?

唐都也被司马谈的这种求学精神所感动，于是将自己精通的天文历法学倾囊相授，两人因此结为至交好友。《史记》中收录的《天官书》便是司马谈所学的结晶。《天官书》不仅记录了极为丰富的天象，同时还奠定了五宫星官体系这一完整的天文体系。

唐都不仅是司马谈的老师，也是司马迁在天官学方面的老师。所以《史记》中才能有《天官书》与《历法》两部分，这便是司马父子对古代天文学发展的总结。

洛阳·未至泰山终生憾

洛阳城中，此时正值春末夏初，是万物欣欣向荣的大好时光，洛阳城中的司马谈脸上却没有半分高兴的颜色。他的生命已到大限，正静卧在床上，一动不动，生怕再损耗自己的半分生命力。他的愿望还没有达成，但是上天已经不给他留时间了，他要等待儿子司马迁的到来，交代自己还没完成的事。

司马迁从西南一路快马加鞭，终于在司马谈临终之际赶到了洛阳。司马谈看到司马迁，仿佛看到了最后的希望，他激动地拉着司马迁的手，伤心地流着眼泪，向司马迁交代自己的身后事。

司马谈给司马迁讲述先祖在家学中的传承，他担心司马迁会被高官厚禄诱惑，而忘记自己家中传承的史学，所以要求司马迁必须要担任太史令，将修史这一重任传承下去。

这一年是元封元年（前 110），汉武帝正式封禅泰山，职掌天官的司马谈却没能参与。“是命也夫！命也夫！”这是司马谈一生的遗憾，因为封禅泰山的仪式就是司马谈策划的。从四年前他就开始准备封禅仪式中的一切，先后祠后土、祭太乙、建行宫，然后定在这一年东巡封禅，队伍行进中，司马谈却病倒了。

封禅之期不能误，汉武帝命令司马谈留在洛阳养病，并召其子司马迁前来参加封禅。这是举国上下好几代人期盼许久的大事，司马谈亲自制定礼仪，却未能亲自参加，这是何等遗憾的事啊！

但更令人遗憾的是，本次封禅泰山的礼仪并没有被司马迁详细记入《史记》之中，这大概是出于司马谈未能上泰山“发愤且卒”的原因吧！

长安·仗义执言身受刑

天汉二年（前99），未央宫中一片寂静，明堂之上的汉武帝看着垂首不语的群臣，隐藏在冕冠之后的脸上带着不加掩饰的愤怒。

刚刚边境传来战报，边将李陵与匈奴交战，兵败投降。犹记得元狩年间，卫青、霍去病突袭龙城，一战将匈奴击溃。从那之后，汉军对外的战争鲜有失败，而如今不仅失败，就连主将都向匈奴投降，这让汉武帝感到异常愤怒。

在汉武帝手下当官是一件非常危险的事情，汉武帝在位期间共有13位丞相，大多不得善终。群臣也是惶惶不可终日，生怕一不小心就触怒了这位霸道的皇帝。现如今，皇帝已经有了发怒的征兆，如何化解皇帝的怒火是当务之急。

本着“死道友不死贫道”的原则，群臣开始将这次战争失败的原因推到李陵身上。朝臣们无耻的嘴脸刺激了继承太史令一职的司马迁，因为他的父亲曾经教导过他，身为一个史官，最重要的是要刚正不阿。他对落井下石的朝臣们充满了愤慨，也对李陵的遭遇充满同情，于是请求汉武帝的宽恕。

司马迁担任太史令以来，与汉武帝的关系十分融洽，加之汉武帝也明白李陵是因为援军未至才战败投降，于是汉武帝命令公孙敖去接迎李陵，但是公孙敖在边境待了一年多，并没有接到李陵。他畏惧汉武帝的责罚，于是便谎称李陵已经投靠匈奴，并且还帮助匈奴练兵。

自感颜面大失的汉武帝满腔怒火无处发泄，下令对李陵一家处以族刑，司马迁也因曾为李陵求情而被判“诬罔”之罪。按汉律，“诬罔”之罪属于欺君之罪，是要处以大辟之刑。在当时，有两种方法可以免死。一种是缴纳赎钱五十万可免死，另一种是以腐刑代替死罪。司马迁家贫，钱财不足以赎罪，摆在他面前的只有两条路：死，或者腐刑。

封建王朝之中的士大夫为了保持名节，不要说受腐刑，就连公堂对簿都受不了，很多人都为了维护名节而选择自杀。但是司马迁还不能死，他的生命已经不仅仅属于自己，还属于《史记》，属于父亲司马谈的遗愿。就这样，司马迁选择了以腐刑代替死刑。

长安·发愤著书青史成

汉武帝并非真的想要杀掉司马迁，他只是想挫一挫司马迁的锐气，让司马迁明白什么是君威。因为以腐刑代替死刑，需要执法者的同意，汉武帝想要杀一个人，既不可赎，也不可腐。

但是腐刑对于司马迁来说，已经是莫大的羞辱了。在封建王朝之中，“身体发肤，受之父母，不敢毁伤”，加之“不孝有三，无后为大”，所以司马迁视此为奇耻大辱，不仅“重为乡党戮笑”，更“亦何面目复上父母之丘墓乎？”

天汉四年（前97），这一年司马迁四十九岁，他被汉武帝任命为中书令。这个职位历来都是由宦官担任，相当于如今的秘书一职。虽然权力极大，却被人所不齿，属于位卑权重的职位。

这个时候的司马迁已经无心于政治了，他的骄傲、他的心灵都受到了不可磨灭的创伤。之后的岁月中，司马迁除了埋头撰写《史记》之外，在政治上并无任何建树。他在忍辱与生死的痛苦抉择中悟出了人生的意义，“人固有一死，或重于泰山，或轻于鸿毛”。

他的人生意义便在于修史立言，在《史记》没有完成之前，他不会自寻短见。他在《史记》之中揭露了封建社会君主的残暴专制，歌颂了那些敢于斗争的历史人物，将自己的不平与愤懑，全部宣泄在对历史人物的褒贬上。也正是因为如此，《史记》才能成为千古绝唱。

品读有感

司马谈是一个理想者，甚至是一个略有偏执的理想者。他不仅要求自己的一生都奉献给自己的事业，还强制自己的儿子同样奉献给自己未成的事业。这在我们今天看来似乎有些不可思议，但是在那个“三年无改于父之道，可谓孝矣”的年代，便是理所当然的事情。

虽然如此，但是司马父子身上的高贵品格仍然值得我们学习。司马谈为求学问不耻下问，最终集数家所长成为一代伟大的史学家。司马迁刚正不阿，即使饱受折磨，仍然能坚守理想，著成流芳千古的《史记》。

《史记》凝聚了司马父子的心血，是两代人的传承，这不仅仅是天官学与史学这两门家学的传承，更多的是坚毅不屈的匠心的传承。

扫描收听本章音频（司马谈篇）

感悟

感悟

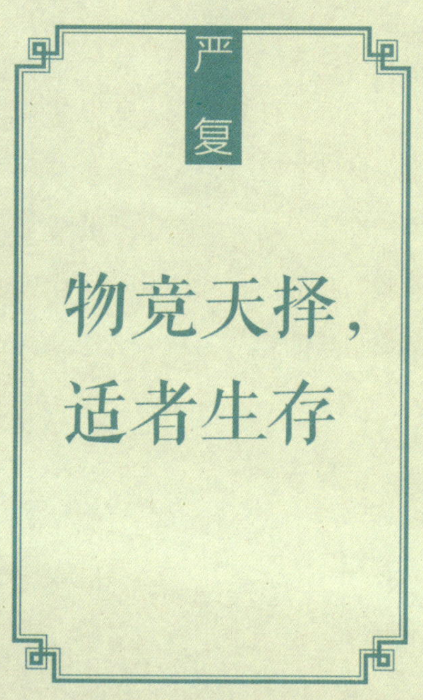

严复

物竞天择，适者生存

立训人：严复

他学贯中西、文理兼修；他探救亡图存之路，寻富国强军之术。“严译八大名著”打开了国人认识世界的窗口，五篇政论文如暗夜霹雳，撕开封建王朝阴云密布的夜空；一篇《天演论》，惊起旧中国文化界滔天巨浪。“鼓民力、开民智、新民德”“信、达、雅”是他的一脉传承，“太平如有象，莫忘告黄泉”是他对国家最后的眷恋。

传承人：严璿

作为严复的儿子，严璿也是严复教育思想的传承人。严复在离世前曾嘱托好友，要其在自己死后监督儿子严璿的学业。功夫不负有心人，严璿后来从上海交通大学毕业之后赴美留学，学有所成，没有让父亲失望。

前得儿书，知在唐校用功，勤而有恒，大慰大慰！学问之道，水到渠成，但不间断，时至自见，虽英文未精，不必着急也。

所云暑假欲游西湖一节，虽不无小费，然吾意甚以为然。大抵少年能以旅行观览山水名胜为乐，乃极佳事，因此中不但怡神遣日，且能增进许多阅历学问，激发多少志气，更无论太史公文得江山之助者矣。然欲兴趣浓至，须预备多种学识才好：一是历史学识，如古人生长经由，用兵形势得失，以及土地、产物、人情、风俗之类。有此，则身游其地，有概想凭吊之思，亦有经略济时之意与之俱起，此游之所以有益也。其次则地学知识，此学则西人所谓geology。玩览山川之人，苟通此学，则一水一石，遇之皆能彰往察来，并知地下所藏，当为何物。此正佛家所云：大道通时，虽墙壁瓦砾，皆无上胜法。真是妙不可言如此。

再益以摄影记载，则旅行雅游，成一绝大事业，多所发明，此在少年人有志否耳。汝在唐山路矿学校，地学自所必讲，第不知所谓深浅而已。

导读

采选关键词：忘年之交；《天演论》；北大；深远教育

严复（1854—1921），原名宗光，字又陵，后改名复，字几道，汉族，福建侯官县人，近代著名的翻译家、教育家。在北洋水师学堂任教期间，培养了中国近代第一批海军人才，并翻译了《天演论》，创办了《国闻报》，提出的“信、达、雅”翻译标准，对后世产生了深远影响。

这是严复给儿子的一封家书训言。在信中他指点儿子读书求学的方式，还援引古代司马迁到各处游历志学，后来成就了一部《史记》的故事，来说明自己行万里路的求学思想。而他作为清末极具影响力的资产阶级启蒙思想家、翻译家、教育家以及中国近代史上向西方国家寻找真理的“先进的中国人”之一，同样是励精图治才获此成就。

时间回溯

英国结交忘年国士

伦敦新城东南，颇克伦波利斯45号，有一座独立院落。中国驻英使馆租住在这里，这是中国有史以来第一个驻外使馆。其建筑十分典雅，一派异国情调，令严复目不暇接，连连惊叹。他在等一个人，一个将会影响他一生的人——郭嵩焘。

等候之时，严复猜想郭嵩焘会是怎样的一个人。他知道，郭嵩焘是晚清名臣，名震朝野。郭嵩焘、沈葆桢、李鸿章三人，被认为是洞悉洋务的人才。但是郭嵩焘这次是被迫派使到英国“赔罪道歉”的。

光绪四年（1878）正月初一，过年团圆之际，郭嵩焘邀请这些在异国他乡的学生们“回家”过年。严复第一次远离故土亲人，能在异国他乡的中国使馆过年，倍感亲切。一抬头，只见郭嵩焘笑眯眯地迎了出来，严复和同学们抢先拜年，拱手祝贺：“公使大人，恭喜恭喜，新春万福！”此时已过花甲之年的郭嵩焘笑逐颜开，连声说：“彼此彼此，万福万福。”

只是此时的二人都不曾想到，这一拜，竟成了“桃园结义”之拜。

谈笑风生之际，严复比较了英国海军学院和中国学堂的不同，侃侃而谈，滔滔不绝。他感慨道：“西洋人主张锻炼筋骨，从小就习以为常了，我们自愧不如，今后应加强体育锻炼。”郭嵩焘惊喜地发现眼前这个年轻人，竟然能从一件平常小事，看到东西方的差距。

实际上郭嵩焘本想借这次出使英国，深入了解西方强盛的原因，探寻救国图存之路。但朝廷腐败，守旧一派暗中曲解诬告，致使郭嵩焘接连受到清廷的训斥和世人“崇洋媚外，有辱国门”的辱骂。正值心灰意冷之际，恰逢遇到严复这个意气风发的年轻人，一种相见恨晚的心情油然而生。

郭嵩焘和严复，声气相通，结成忘年之交。

此后，严复便经常去使馆，成为那里的常客。郭嵩焘与之忘怀地交谈，严复虚心请教。二人谈人生，谈理想，探讨“格物致知之学”。

严复这匹千里马在异国他乡遇到郭嵩焘这个伯乐，实属不可多得的幸运。郭嵩焘改变了他的命运，在严复毕业之际，郭嵩焘建议他应该成为教职人员，于是严复便在海军学院多学了一年。此后，中国海军少了一位将领，多了一位不可多得的思想家。

甲午译惊雷——《天演论》

1897 年 12 月，《天演论》一经《国闻汇编》刊出，产生了巨大的社会反响。维新派领袖康有为见此译稿后，惊叹“眼中未见有此等人”，称严复“译《天演论》为中国西学第一者也”。

《天演论》

《天演论》从翻译到正式出版，历经 3 年时间。这 3 年，即 1895 年到 1898 年，是中国近代史上很不平常的 3 年。甲午海战惨败，民族危机空前深重，民众开展维新运动的热情持续高涨。

甲午海战惨败，清政府被迫签订《马关条约》，这场战役使严复痛失许多同窗好友，水师学堂毕业的200多名学生也伤亡过半，严复极为悲愤。经过此事，他开始了深入思考。

从满怀悲愤之情选择翻译赫胥黎的《进化论与伦理学》，到译成《天演论》，宣传“物竞天择，适者生存”的观点。他几乎是单凭一人之力，在主张废除科举考试的同时，还翻译引进大量西方思想著作。重要的是他的翻译不仅仅只是翻译，他的目的是要引起国人思想上的革命。也正因如此，他被后人尊为近代史上的启蒙思想家。

事实上，晚清直到民国时期，曾涌现出多位翻译家，译著量大于严复的也很多，但能从翻译家境界上升到思想家境界的只有严复一人。这个求学经历曲折的才子，始终有一颗学以报国、学以兴国的拳拳之心，将外国之著化为了笔下一个个警醒国人的字符。

以文名世的同治进士吴汝纶看到《天演论》译稿后，赞不绝口，认为自中国翻译西书以来，无此宏制。这位五十多岁的老先生，激动之余，竟把《天演论》全文一字不漏地抄录下来，藏在枕中。鲁迅初读《天演论》，也爱不释手，一位头脑迂腐的本家长辈反对鲁迅看这种新书，鲁迅不理睬他，仍是一如既往地看《天演论》。由此可见《天演论》在当时的影响力。

救北大于水火之中

辛亥革命爆发，原京师大学堂总监劳乃宣谢病而去。严复临危受命，被袁世凯委任为北京大学第一任校长。当时，民国初建，政府财政紧缺，对北京大学是分文不给。

这天，财政部下发通告，宣布京外各学校职员月薪在六十元以下者，一律照旧支付，六十元以上者，一律暂支六十元。通告一出，引起北京大学教职工的强烈不满。严复闻此消息，立刻上书袁世凯和教育部。他提议："为今之计，除校长一人准月支六十元，以示服从命令外，其余职教各员，在事一日，应准照顾全支。"教育部抵不住民声压力，遂采纳建议。

然而，一波未平一波又起，教育部又以北京大学十年来没有什么成就为由，决定停办北京大学。严复当即向教育部递交《论北京大学校不可停办说帖》，他在上书中说道：北大自从创办以来，耗费大量人力物力，经十年艰苦经营，才有如今的成就。北京大学能有今天，当属不易。而且大学是培养国家高级人才之地，世界文明国家的著名大学多的有几十所，少的也有十几所，但在中国像北京大学这样的名校只有一所，怎么能够停办？国家办北京大学的宗旨是"兼保存一切高尚之学术，以崇国家之文化"。与此同时，北大师生联名提交请愿书，支持严复，抵制停办北京大学。

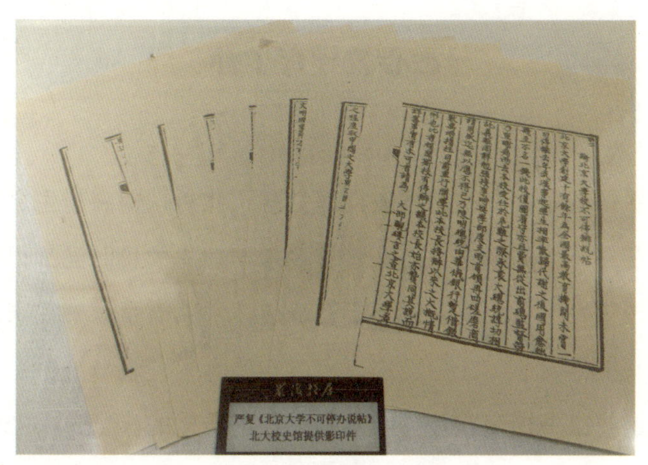

《论北京大学校不可停办说帖》

终于，停办风波在北大师生的强烈反对下，蔡元培主持了“全国临时教育会”，撤销了教育部的决议。幸亏有惊无险，没过几日，英国教育会议宣布承认北京大学及其附设的译学馆均为大学，从此奠定了北京大学在国际上的学术地位。

虽然严复仅在职 7 个月就辞去了北大校长一职，但在北京大学命运攸关之际，严复作为校长，尽一切所能，挽救了北大。北京大学几经风雨，严复力挽狂澜。没有严复，恐怕就没有今天的北大。他提出“兼容并蓄，广纳众流，以成其大”的思想，后来被蔡元培发展为“北大精神”——“思想自由，兼容并包”。

悉心教导育子孙

甲午战争的失败让严复彻底觉醒，此后，他将毕生之所学都放在对子女的教育上。在繁忙之余，他将大量时间都用在亲身教授子女学业上。若子女不在身边，那就时常家书往来以敦促子女的学习。

这封家书训言就是写给第四个儿子严璿的。严璿十多岁时，便离开家外出求学。严复作为父亲，担心这个年纪轻轻的儿子离开自己的视线，会懈怠学习，沾染不好的习性，因此，挥笔写下了这封家书。他在信中写道，游山玩水可以，但不可贪玩，要学会父亲的游山玩水之道，就像当初他的海外求学经历一样，要行万里路，读万卷书。

与严复本人最像的长子严璩，在严复的教育下，自幼承蒙国学教育，饱读诗书，后来又前往英国留学。当时这种中西兼容的人才稀缺，故而多任要职。更令人敬佩的是，抗战爆发之后，日伪一度逼迫他给汪精卫政府效力，但贫病交加的严璩没有忘记父亲的教诲，舍弃财政部部长的高位，宁死不从。

若按照封建传统思想，女儿是不可以读书的，即便读，也只是读点关于妇道的书就可以了。但严复是受过先进思想教化、开眼看过世界的人，他哪里还会信这一套？自从甲午中日战争之后，他就大声疾呼提倡妇女教育，认为中华的女子应和男子一样，加入到求学兴国的运动中来，如此才是“为国致至深之根本”。所以，在他的教育下，几个女儿都接受到先进的思想教育。

在严复不染封建旧习、因材施教的教育下，他的子女打好了基础，成为严复家训的传承人。

品读有感

作为近代中国历史上极为有名的人物，学贯中西的严复有着许多传奇经历，但这些波折的经历又总是将他与中国遭受的磨难联系在一起。多变的坎坷磨难下，不变的是他那一腔求学兴国的心。严复最终成为影响深远的伟大学者，更立下“刻苦求学”的家风家训，培养出杰出的子孙后代，献身于民族的觉醒与复兴，乃至付出生命。

而严复的《天演论》不仅融合了西方学说，书中还有他自己痛心疾首地呼喊，于是这部译著也就成了震碎国人混沌思想、呼唤寻求救亡图存之道的思想启蒙巨著。

扫描收听本章音频（严复篇）

感悟

感悟

附录

下花园，我的女儿：

自分别以来，已经有四十几天了。回想你父参加南线战役向西南进军时，那时，咱们的树刚刚发芽儿，地里的麦苗，虽然那么青，也不过半尺多高，你的父亲还穿着棉衣，半夜里，骑在马上，或者爬在山顶，或者踏在河里，还有些冷呢，不想，经过了几场激烈的战斗，桃花开了，杏花败了，柳树放青，杨花落地。转眼间，你父胜利归来时，麦苗长得有你那么高了，而且秀了穗子，摇着柔软可爱的青芒。女儿呵，在战争里，一切都还顽强迅速的（地）生长着。不知道你现在长得多高了？我想，你现在一定是长的（得）很高，而且很胖的；你的眼睛一定是更加清明美丽，懂的（得）更多的事情；因为你的母亲比你的父亲是更加千百倍的（地）爱你；你好像守着叮叮当当的水车的麦苗一般，你好像守着深厚的滹沱河的流水一般，你好像守着微笑的太阳一般。呵，我的女儿，你守着你的包含着伟大的爱的母亲！……虽然，你的母亲，为你受了许多的罪，受了很多的累，而你的父亲却好像傻子一样，不懂，不问，不加招顾（照顾）。但你的母亲忍受了，因为她是那样爱你的原故（缘故），她忍受了。女儿呵，你母亲对你的爱是伟大而深厚的，这一切，一定等到你长成一个大闺女时为止，是永远不可忘记的！

你的父亲经过无数“乱石的山涧，急流的水，和很怕的独木桥”胜利地归来了。经过了变成有人区的无人区，经过了破碎的正太线，胜利地归来了。虽然疲劳而兴奋，重新看见老解放区的一切，感觉常常是很新鲜的。你的父亲和他的同志，现在住在曲阳城东北，五里岗，东西红山一带。

亲爱的女儿！在分别的这个辽阔的日子里，在紧张的战斗的日子里，对于你和你的母亲，我是没有时间来想念你们。但是战役一结束，我马上又想起你们来了。我曾经有一天的夜里，梦见了你们。我希望我能很快的（地）看你们一下。我们在上面说的地方，大概要休整二十几天。你们是否能来一下呢？我愿你们来，但又怕路上太热，让你们受罪，这个矛盾如何解决呢？如果你们来，你就要求你的母亲一块（儿）来吧，如果不来，也好。由你们决定吧。

这次，在阳泉市里，我给你买了一盒扑粉，一瓶油，供你夏天使用。其余的一切，面谈吧，我的女儿。

祝你和你的母亲健康快乐！

你的父亲

红杨树　五月十七日

小花园，我的女儿：
自分别以来，已经有四十九天了。回想你父参加南线阵役
向西宁进军时，那时，咱们的村刚刚发芽儿，地里的麦苗，虽
然那么青，也不过半尺多高。你的父亲还穿着棉衣，半夜里，骑在
马上，或者爬在山顶，或者蹚在河里，还有些冷呢。不想，经过
了几场激烈的阵斗，桃花开了，杏花败了，柳树发青，杨花
落地。转眼间，你父胜利归来时，麦苗竟得有你那么高了，
而且秀了穗子，摇着柔软可爱的青芒。女儿啊，在战争里，一切
都还这样迅速的生长着。不知道你现在长得多高了？我想，
你现在一定是长得很高了，而且很胖的；你的眼睛一定是更加
清明美丽，懂得更多的事情；因为你的母亲比你的父亲
是更加千百倍的爱你。你好像守着叮叮咚咚的水車的
麦苗一般，你好像守着深夏的滹沱河的流水一般。你
好像守着微笑的太阳一般。啊，我的女儿，你守着你的
包含着伟大的爱的母亲！…… 当然，你的母亲，为你
受了许多的罪，受了很多的累，你的父亲却好像傻子
一样，不懂，不问，不加抚慰。但你的母亲忍受了，因为
她觉那样象你的缘故，她忍受了。女儿啊，你母亲对你
的爱是伟大而深厚的，这一切，一定要到你长成一个大闺女

魏巍家书手稿

时为止，是永远不可忘记的！

你的父亲经过无数红石的山涧，急流的水，和很多的独木桥，胜利地归来了。经过了无数有人区和无人区，经过了破碎的长城，胜利地归来了。我虽疲劳而兴奋，而我看见在解放区的一切，总觉得常常是很新鲜的了。你的父亲和他的同志，现在住在曲阳城东北，五里岗，东西红山一带。

亲爱的女儿！在分别的这个辽阔的日子里，在紧张的战斗的日子里，对于你和你的母亲，我还没有时间来想念你们。但是我从一前线来，我马上又想起你们来了。我曾经有一天的夜里，梦见了你们。我希望我能很快的看你们一下。我们在上面说的地方，大概要休整二十几天。你们是否能来一下呢？我希望你们来，但又怕路上太远，该你们受累，这个矛盾如何解决呢？如果你们来，你就要求你的母亲一块来吧，如果不来，也好。由你们决定吧。

这次，在曲阳城里，我给你买了一盒搽粉，一瓶头油，供你夏天使用。其余的一切，再谈吧，我的女儿。

祝你和你的母亲健康快乐！

你的父亲

红杨树 五月十七日

魏巍家书手稿

魏平解读：

2002 年魏巍和女儿魏平散步

这封信写于 1949 年解放战争时期，红杨树是我的父亲魏巍的笔名。

1946 年，我的父亲魏巍与我的母亲刘秋华在张家口东南的一个小镇下花园结婚，当年晋察冀部队就驻扎在这里。1947 年我的姐姐魏欣出生。1949 年，因为战争行军艰苦，母亲将年幼的姐姐送回娘家老抗日根据地河北省安平县报子营村。分别四十多天后，父亲在战争的暇时写了这封充满感情的家书。

这封信虽然是写给我姐姐的，但实际也是写给我的母亲的。这封信是在收拾母亲的遗物时看到的，被母亲一直精心收藏，经过了战火和迁徙，保存了半个多世纪，实在是难得的珍贵。信中流露着父亲对家庭和亲人浓浓的思恋和亲情，也带着因不能照顾家庭而产生的深深歉疚，信中还显露着诗人战士绮丽浪漫的情怀。

得知好友宸冰的新书《中国家书家训》即将出版，这本书汇聚了古代先贤、近代智者以及抗战英雄的家书家训，对于现今的国人，尤其是“〇〇后”“一〇后”来讲，实在是很必要又很可贵。

宸冰对这些家书家训的解读，拉近了读者与前人的距离，可以让读者直接聆听前人的教诲，学习中华几千年来传承下来的家风家训，我觉得这是一件十分有意义的事情。

于是，我也将我的父亲留下的珍贵家书奉献于此书，希望可以让更多的人感受到家信的魅力。

若能如此，我心甚慰。

魏平

2018 年 12 月 10 日